楊國樞　主編・現代生死學 1

生死的抉擇：
基本倫理學與墮胎

波伊曼編選　楊植勝等譯

楊植勝校訂（閱）

Life and Death:
A Reader in Moral Problems

桂冠心理學叢書序

　　作為一門行為科學，心理學雖然也可研究其他動物的行為，但主要重點則在探討人在生活中的心理與活動。人類的生活牽涉廣闊，心理學乃不免觸及其他各科學術，而成為一門百川交匯的融合之學。往上，心理學難免涉及人類學、社會學、政治學、法律學、哲學及文學；往下，心理學則必須借重數學、統計學、化學、物理學、生物學及生理學。至於心理學的應用，更是經緯萬端、無所不至，可說只要是直接與人有關的生活範疇，如教育、工商、軍事、司法及醫療等方面，都可以用到心理學的知識。

　　在世界各國中，心理學的發展或成長各有其不同的速度。有些國家（如美國、英國、西德、法國、日本、加拿大）的心理學相當發達，有些國家的心理學勉強存在，更有些國家則根本缺乏心理學。縱觀各國的情形，心理學術的發展有其一定的社會條件。首先我們發現，只有當一個國家經濟發展到相當程度以後，心理學術才會誕生與成長。在貧苦落後的國家，國民衣食不週，住行困難，當然談不到學術的研究。處於經濟發展初期的國家，急於改善大眾的物質生活，在學術研究上只能著重工程科學、農業科學及醫學。唯有等到經濟高度發展以後，人民的衣食住行都已不成問題，才會轉而注意其他知識的追求與應用，以使生活品質的改善拓展到衣食住行以外的領域；同時，在此一階段中，為了促成進一步的發展與成長，各方面都須儘量提高效率。而想達到這

一目的，往往需要在人的因素上尋求改進。只有在這些條件之下，心理學才會受到重視，而得以成長與發達。

其次我們發現，一個國家的心理學是否發達，與這個國家對人的看法大有關係。大致而言，心理學似乎只有在一個「把人當人」的人本社會中，才能獲得均衡而充分的成長。一個以人爲本的社會，往往也會是一個開放的多元社會。在這樣的一個社會中，違背人本主義的極權壓制無法存在，個人的尊嚴與福祉受到高度的保障，人們乃能產生瞭解與改進自己的心理適應與行爲表現的需求。在這種情形下，以科學方法探究心理與行爲法則的心理學，自然會應運而興。

綜合以上兩項條件，我們可以說：只有在一個富裕的人本社會中，心理學才能獲得順利的發展。對於貧窮的國家而言，心理學只是一種沒有必要的「奢侈品」；對於極權的國家而言，心理學則是一種會惹麻煩的「誘惑物」。只有在既不貧窮也不極權的國家，心理學才能成爲一種大有用處的「必需品」。從這個觀點來看，心理學可以視爲社會進步與發展程度的一種指標。在這個指標的一端是既富裕又開放的民主國家，另一端是既貧窮又極權的共產國家與法西斯國家。在前一類國家中，心理學成爲大學中最熱門的學科之一，也是社會上應用極廣的一門學問；在後一類國家中，心理學不是淪落到毫無所有，便是寄生在其他科系，聊備一格，無法在社會中發生實際的作用。

從這個觀點來看心理學在臺灣的發展與進步，便不難瞭解這是勢所必然。在日據時代，全臺灣只有一個心理學講座，而且是附設在臺大的哲學系。光復以後，臺大的心理學課程仍是在哲學系開設。到了民國三十八年，在蘇薌雨教授的努力下，心理學才獨立成系；從此即積極發展，先後增設了碩士班與博士班。此外，師範大學、政治大學、中原大學、輔仁大學等校，也陸續成立了心理學系。其他大專院校雖無心理系的設立，但卻大都開有心理

學的課程，以供有關科系學生必修，或一般學生選修。

　　在研究方面，人才日益增加，而且都曾在國外或國內受過專精的訓練，能以適當的科學方法探討心理與行為的問題。他們研究的範圍已由窄而闊，處理的課題已由淺而深，探討的策略也由鬆而嚴。回顧三十年來此間心理學的研究，以學習心理學、認知心理學、發展心理學、人格心理學、社會心理學、臨床心理學及教育心理學等方面較有成績，其中有關下列課題的探討尤有建樹：(1)思維歷程與語文學習，(2)基本身心發展資料，(3)國人性格與個人現代性，(4)內外控制與歸因現象，(5)心理輔導方法驗證，(6)心理診斷與測量工具。三十多年來，臺灣的心理學者已經完成了大約八百篇學術性的論文，其中大部分發表在國內的心理學期刊，小部分發表在國外的心理學期刊，都為中國心理學的未來研究奠定了堅實的基礎。在實用方面，心理學知識與技術的應用已逐漸拓展。在教育方面，各級學校都在推行輔導工作，多已設立學生輔導單位，亟需心理輔導與心理測驗的人員與知能。在醫療方面，隨著社會福利的改進，心理疾病的醫療機構日益增加，對臨床心理學者的需要頗為迫切。在工商方面，人事心理學、消費心理學及廣告心理學的應用早已展開，心理學者在人事管理單位、市場調查單位及廣告公司工作者日多。此外，軍事心理學在軍事機構的應用，審判心理學在司法機構的應用，偵查心理學與犯罪心理學在警察機構的應用，也都已次第開始。

　　三十多年來，在研究與應用兩方面，臺灣的心理學之所以能獲得相當的發展，主要是因為我們的社會一直在不斷朝著富裕而人本的開放方向邁進。臺灣的這種發展模式，前途是未可限量的，相伴而來的心理學的發展也是可以預卜的。

　　心理學在臺發展至今，社會大眾對心理學知識的需求已大為增強，有更多的人希望從閱讀心理學的書籍中得到有關的知識。這些人可能是在大專學校中修習心理學科目的學生，可能是在公

私機構中從事教育、訓練、管理、領導、輔導、醫療及研究工作
的人員，也可能是在日常生活中想要增進對自己與人類的瞭解或
改善人際關係的男男女女。由於個別需要的差異，不同角落的社
會人士往往希望閱讀不同方面的心理學書籍。近年以來，中文的
心理學著作雖已日有增加，但所涉及的範圍卻仍嫌不足，難以充
分滿足讀者的需要。我們研究與推廣心理學的人，平日接到社會
人士來信或當面詢問某方面的心理學讀物，也常因尚無有關的中
文書籍而難以作覆。

　　基於此一體認，近年來我們常有編輯一套心理學叢書的念
頭。桂冠圖書公司知道了這個想法以後，便積極支持我們的計劃，
最後乃決定長期編輯一系列的心理學書籍，並定名爲「桂冠心理
學叢書」。依照我們的構想，這套叢書將有以下幾項特點：

　　(1)叢書所涉及的內容範圍儘量闊廣，從生理心理學到社會心
　　　　理學，凡是討論內在心理歷程與外顯行爲現象的優良著
　　　　作，都在選輯之列。

　　(2)各書所採取的理論觀點儘量多元化，不管立論的觀點是行
　　　　爲論、機體論、人本論、現象論、心理分析論、認知發展
　　　　論或社會學習論，只要是屬於科學心理學的範疇，都將兼
　　　　容並蓄。

　　(3)各書所討論的內容，有偏重於理論者，有偏重於實用者，
　　　　而以後者居多。

　　(4)各書的寫作性質不一，有屬於創作者，有屬於編輯者，也
　　　　有屬於翻譯者。

　　(5)各書的難度與深度不同，有的可用作大專院校心理學科目
　　　　的教科書，有的可用作有關專業人員的參考書，也有的可
　　　　供一般社會大衆閱讀。

　　(6)這套叢書的編輯是長期性的，將隨社會上的實際需要，繼
　　　　續加入新的書籍。

　　身爲這套叢書的編者，我們要感謝各書的著者；若非他們的貢獻與合作，叢書的成長定難如此快速，內容也必非如此充實。同時，我們也要感謝桂冠圖書公司執事諸君的支持與工作人員的辛勞。

楊國樞　謹識
中華民國六十九年八月於臺灣臺北

楊　　序

　　最近幾年，我對生與死的問題興趣日濃。這有兩個原因。首先，我已過了花甲之年，即將進入 Erik Erikson 所說的人生週期的第八個階段（也就是人生的最後一個階段），回顧過去，去日已遠，展望未來，常有時不我予之感。夕陽無限好，只是近黃昏。在這樣的心情之下，對人生雖無所戀，對死亡亦無所懼，但總不免對生死之事多了一份關注與感懷。再者，亡友傅偉勳教授數年前出版《死亡的尊嚴・生命的尊嚴》一書，我在序文中許了一個心願：在台灣大學正式開授生死學的課程。後來，余德慧教授與我為台大的通識課程合開了「生死學的探索」，邀請了多位學者分從不同學科的觀點分析生死問題，獲得選課同學的熱烈反應。此後，我也曾以「生死學的心理學觀」為題，在不同大學的同類課程中演講。透過這種「從教中學」的過程，我對生與死的問題也多了一些理解。

　　傳統中國社會有兩大忌諱，一是諱談性，一是諱談死。隨著社會變遷歷程的進展，「諱性」與「諱死」的傳統心理都有逐漸減弱的趨勢，後者減弱的情形尤其明顯。從很多跡象看來，最近幾年台灣民眾（包括青年人）對生死問題似乎愈來愈加關注，愈來愈想瞭解。就我個人的經驗來說，我們在

台大、清大及其他大學講授生死學的概念與知識，選修及聽
講的學生爲數衆多，顯示春秋正富的年輕人也很關心生死問
題。晚近，皈依各種宗教的大專青年不少，也凸顯了同樣的
現象。事實上，不只是很多在學的知識青年亟思理解生死問
題，社會上不少民衆也有著探索生死問題的迫切需要。這就
是爲甚麼近年出版的有關生死學的書籍，總是有不錯的銷
路。

　　學生與朋友時常問我一個問題：何以近年來台灣會有這
麼多人如此關心生死問題(特別是死亡問題)？學發展心理學
(developmenta l psychology)與人格心理學(personality
psychology)的人，大都知道一項事實：在人生的歷程中，
三、四歲的兒童即已有生命與死亡的概念，此後在少年期、
青年期、中年期及老年期，各階段會有不同的生死概念。但
是，人生發展過程中生死概念的改變，並不能有效解釋何以
台灣民衆近年來關心生死問題的人愈來愈多。我個人覺得這
個問題的答案可能須從以下幾個因素去追索：

　　一、近年來，台灣民衆物質生活的水準日益提升，多數
民衆都已遠離了衣食住行等基本生活需求的桎梏，進而追求
精神或心理生活的改善。從人本心理學家馬斯洛（Abraham
H. Maslow）的人類基本需求階層理論來看，台灣社會的多
數民衆應已超越生理性需求與安全性需求，到達了由社會性
需求與尊嚴性需求支配生活的階段，其中有愈來愈多的人甚
至進升到自我實現性的需求。爲數日多的最後一類人，實際
上也就是英格利哈特（Ronald Inglehart）所說的持有後物
質主義價值觀（post-materialistic value）的人。晉達這樣
一種生活境界的人，對人生之意義與存有之本質的理解比較
認眞，因而會激發探索生死問題的興趣。

　　二、近年來，升學主義在台灣的影響日益嚴重，升學考試的競爭也更爲激烈。自國中以迄高中，升學壓力使學生的生活嚴重窄化，除了吃飯、睡覺及少許的休閒活動，大部分時間都是用來上課、讀書、做功課，而且多是以背誦、死記等填鴨的方式爲之。經過長期的艱苦奮鬥，終能通過考試而逐級升學成功的青少年，被家長、老師、同學及親友目爲天之驕子。但十幾年的升學教育，使他們長期過著枯燥乏味的痛苦生活，其中有不少青少年對人生的意義及生命的價值產生了很大的疑惑，有些人甚至悲觀厭世，走上自殺的絕路。十來年前，我以台北市五千多位國中學生爲對象，調查他們的問題心理與行爲，發現自承悲觀、厭世及想自殺的學生所佔的比率，大大超出了我的意料（基於種種考慮，這一部分研究結果迄今猶未發表）。最近的調查資料亦顯示：在學青少年有四成有憂鬱的徵候；在青少年死亡的原因中，自殺高居第三位。又從各大學學生輔導中心的統計資料看來，「順利」考入大學的天之驕子，也不乏想要自殺之人。幾年前，余德慧教授與我在台大開授「生死學的探索」的通識課程，有一位學生特來造訪，嚴肅而誠懇地告訴我：「我很想自殺，我最後的希望就寄託在你們這門課。我希望選修了這門便不再想自殺了。」升學成功的天之驕子尚且如此，升學失敗而「流落」社會的青少年，更會因飽經挫折而悲觀厭世，對人生滿懷無奈與迷惘。總之，我們的社會中有著很多對人生意義發生懷疑的青少年，他們自然會關心生死問題的探索。

　　三、由於醫藥衛生的不斷改善，台灣民眾的平均壽命日益增長。自一九九三年開始，台灣六十五歲以上的老年人口已超過總人口的百分之七，顯示台灣已經成爲聯合國定義下的高齡化社會。依據經建會的預測，未來四十年內台灣人口

老化的指數仍將逐年攀升。社會裡眾多的老年人，回顧過去
的漫長生活，面對可能隨時來臨的死亡，在此人生的黃昏階
段，不免會對生死意義的理解產生莫大的興趣。尤有進者，
很多老年人都是帶病延年，長期陷入生與死的矛盾心情之
中，激發了對生命眞諦及死亡性質的求知之欲。再者，老年
人的親友長期與老人相處，親眼看到他們的身心變化，以及
面臨死亡的沮喪、無奈或恐懼，也會產生探索生死問題的興
趣。

　　從以上這三方面來看，近年來台灣民眾對生死問題興趣
日增的現象應是不難瞭解的。社會大眾對有關生死問題的資
訊既有明顯需要，出版界自會印行這一方面的書籍以因應
之。最近五、六年來，市面上出版的生死學書籍爲數已經不
少，但卻大都以探討或分析生死問題本身的性質、歷程、意
義及儀式爲主，對現代社會中與生死有關的倫理道德問題，
特別是與安樂死、自殺、墮胎、戰爭、飢荒及動物權有關的
問題，則較少有系統的討論。桂冠圖書公司所出版的這套《現
代生死學》，正可彌補這一方面的短缺。事實上，這套書的優
點並不只此，它還有其他方面的長處。具體而言，《現代生死
學》具有以下幾項值得肯定之處：

　　一、本書不但有系統地分析有關生死的基本問題，如生
命的意義、品質及尊嚴，而且深入討論安樂死、自殺、墮胎、
死刑、戰爭、飢荒及動物權等複雜問題。這些複雜問題都是
現代社會的現代人日常生活中必須關心或面對的重大具體問
題，任何一個人都應該理解這些問題，並進而形成自己的看
法、意見或立場。這些複雜問題所涉及的倫理、道德及人權
內涵，容有地區、社會、文化或宗教的差異，但其中必有置
諸天下而皆準的意義。此等共同意義的理解及吸收，可以使

我們對上述關乎生死的重大問題的觀念，提升到當代的國際
水準。

　　二、本書係根據 Louis P. Pojman 教授所編選的《生與
死：道德問題讀本》(Life and Death: A Reader in Moral
Problems) 迻譯而成。原書篇幅巨大，為便於中文讀者閱讀，
特將全部內容分為五冊，各有書名，既可分購分讀，也可合
購合讀。每冊之中，各部分所選入的文章，皆是最有代表性
的西方古今思想家、學者及專家的傳世之作，諸家爭鳴，絕
不偏信一家之言。每一重大問題的討論，贊成者與反對者的
意見兩面並陳，絕無偏聽偏執的情形。讀者閱讀各文，可就
正反論述的利弊得失加以分析比較，發展出自己的見解，以
為現代生活之依據。

　　三、每冊皆有詳盡之導讀，為該冊之主要譯者所撰。每
篇導讀皆為行家之作，對該冊議題之思想背景、各種論述之
要旨、諸家見解之利弊、及整體內涵之整合，皆有鞭僻入裡
的分析。譯者的導讀配合著者為各部分所寫的引言，可使讀
者易於閱讀及理解各篇文章的微言大義。

　　四、本書的譯者皆是台灣大學哲學系的博士與碩士研究
生。他們都是學有專長的相關學者，通曉倫理學及人生哲學，
對生死學的學理皆有良好的把握，翻譯此書自能得心應手，
達到信達雅的地步。

　　本書因為具有以上及其他優點，可以作為不同人士的讀
物。首先，大學院校開授有關生死學、死亡學、人生哲學、
應用倫理學、醫學倫理學、社會問題等課程，本書應是很好
的課本或參考讀物；哲學系、教育學系、心理學系、法律學
系、社會學系、社會工作學系、醫學系及護理學系所開的相
關課程，也可參考此書。高中師生在課堂上討論到生命、死

亡、自殺、墮胎、安樂死、戰爭、飢荒及動物權等問題，本
書亦可提供具有代表性的重要文獻，作為討論的材料或基
礎。再者，社會上各類專業人士，如宗教界、新聞界、輿論
界、教育界、法律界、醫藥衛生界、社會工作界的工作人員，
在論及上述各類與生死有關的課題時，亦有參考本書的必
要。至於社會上的一般人士，其中不乏好學深思之士，他們
若想瞭解生死問題及其相關議題，本書也能提供既有廣度及
有深度的觀點與資訊。

　　桂冠圖書公司出版《現代生死學》的主要目的，就是希
望為中文讀者提供一套既有廣度又有深度的有關生死問題的
文獻讀物，讓他們能有機會直接親炙先哲有關這一問題的思
想結晶。我們深信：透過本書的閱讀，讀者應能將自己的人
生經驗與先哲的智慧相結合，從而焠煉出個人的生死觀，以
成為人生定力、願力及悟力的活水源頭。

楊國樞　一九九七年序於
台灣大學心理學系及研究所

譯　　序

　　我們的時代已走到一個錯綜複雜的徬徨時期，舊的問題還未能解決，新的問題卻接踵而至。科技把我們帶到前所未有的天地裏，卻也治絲益棼地爲這個世界添加層出不窮的鉅大兩難。究竟人類應該何去何從？生活在這個科技羅網裏的個人，如何找出生命旅程的路標？如何在目不暇給的多元社會中進行抉擇？

　　本書是依據波伊曼(Louis P. Pojman)教授編選的《生與死：道德問題讀本》(*Life and Death: A Reader in Moral Problems*)迻譯而成，本書和他個人的代表作《生與死：現代道德困境的挑戰》(*Life and Death: Grappling with the Moral Dilemmas of Our Time*)❶被迻譯成中文，咸信是國內第一度有系統引入當代「應用倫理學」的著作。當代應用倫理學因應於我們時代的特殊處境，傳統倫理學所涉及的題材已無法妥善地解答當前的時代問題，哲學家們不得不拋棄過去不涉入現實的態度，而以廣大的關懷、清

---

❶《生與死：現代道德困境的挑戰》(*Life and Death: Greppling With the Moral Dilemmas of Our Times*)中譯本已由桂冠圖書公司出版。

晰的邏輯、大膽的想像和高度的思辨能力來面對當代科技所造成的道德兩難。

　　本書原著共分成十一個部分，包括(1).倫理學理論、(2).生命神聖和生命品質、(3).死亡和生命的意義、(4).自殺、(5).安樂死、(6).墮胎、(7).死刑、(8).動物權利、(9).戰爭、(10).世界饑餓、(11).什麼是死亡？判準的危機。從理論到現實、從原則到實踐，可說完整地囊括了相關「生與死」的一切倫理問題，並且涵蓋大部分當代應用倫理學的主要關切領域。從純理論性的道德原則、生死價值的思考、自古以來長存的自殺，到科技時代徘徊在生死之間、屬於社會性的安樂死、墮胎、死刑、死亡新判準等議題，以至於社會和社會間的戰爭衝突和世界饑餓，擴大到關懷異類的動物權，層層展開，把我們帶入一個道德思辯的世界中。

　　中譯本為便於國人閱讀，在不刪除任何篇幅的前提下，依選題之不同，編輯成五冊，分別定名為：㈠《生死的抉擇：基本倫理學與墮胎》；㈡《今生今世：生命的神聖、品質和意義》；㈢《解構死亡：死亡、自殺、安樂死及死刑的剖析》；㈣《生死一瞬間：戰爭與饑荒》；㈤《為動物說話：動物權利的爭議》。第一冊包括了原來的倫理學理論和墮胎。倫理學理論做為思考生與死應用議題時的基礎，而墮胎議題則強而有力地展現了「生與死」之間的張力，胎兒究竟算不算是生命？墮胎是不是殺害了無辜的人？生死之間如何拿捏？因此我們將它和基本倫理理論放在第一冊中。第二冊主要涵蓋生命本質和生命的品質，何者更值得我們重視？生命的意義又何在？人為什麼要活著？死亡又能帶給我們什麼樣的思考？第三冊的主題全關涉了死亡。科技的進展改變了死亡的定義，自殺是自己致令自己死亡，安樂死則相關於死亡的尊嚴，死

刑涉及我們剝奪他人生命的合法性問題。第四册更是屬於生死邊緣的思考，戰爭和世界饑餓都會帶來大規模的集體死亡，人類的智慧該如何面對這種課題？第五册關懷的對象擴大到異類——動物身上。如果這個社會不是一個弱肉強食的社會，那麼人類該如何對待動物？無疑也是相當值得深思的課題。

　　本系列共有六十一篇相關領域中最具代表性的作品，作者除了當代思想家外，還包括聖經和希臘哲學家、中世紀和近代的哲學家，以及當代人類學家、社會學家、生物學家、人口學家、法律學家、醫學家、宗教人士等等，涵蓋面既深且廣。波伊曼教授在選擇文章和編排時，特別採用正反的辯證方式，讓相反的立場在刻意對照下呈現出來，並從現實處境出發，將議題帶入比較理論的層次，作者們環繞著同一議題，反覆深入、不帶情緒、純粹針對論點合理、有力地互相辯詰，對欠缺這方面訓練的國人，實有重大的啓發功效。

　　除哲學思維的示範啓發外，即將步入已開發國家的台灣，儘管在這些議題上似乎不如西方社會迫切，但也逐漸步向西方社會的後塵。這些生與死的應用倫理問題，實乃當前西方社會所面臨的眉睫危機之反映，像安樂死、墮胎、戰爭、死亡判準諸項，莫不因科技所開闢的新面目，使得傳統觀點遭受重大衝擊。醫學技術和醫療儀器的發展使人們腦部機能完全停頓之後，身體機能依然能繼續依賴機器而運作，此時，死亡的判準爲何？生死邊界如何劃分、毫無治癒希望的末期重症，所造成的鉅大身體痛苦，難道除了等待自然死亡之外，再也別無他法可行？植物人的狀態只會爲家庭和社會帶來無盡的困擾，是否該施以安樂死？社會觀念的開放，個人主義盛行，因頻繁的性行爲而產生不想要的懷孕，婦女是否有權

墮胎？墮胎是否犯了殺害嬰兒的道德罪行？核子武器的出現
改變了戰爭的面貌，傳統基督教的正義戰爭理論還能適用
嗎？相互保証毀滅的核子嚇阻策略是否是道德的？儘管今日
美、俄對峙的滅絕邊緣已然不復，但核子擴散的新危機繼起，
人類究竟應如何對待這種集體自殺式的武器？傳統的生死議
題如生命神聖、自殺、死刑和糧食分配問題，亦因時代觀念
的改變而有了不同的面貌，對這些課題的哲學思考，究竟能
爲當代台灣帶來什麼？

在傳統文化影響下的台灣，人的生命天生地具有價值的
「生命神聖」觀念，似乎不曾爲我們所擁有過。儘管部分西
方哲學家不滿於生命神聖濃厚的宗教意味，並在人畜分界上
造成困難，於是提出了生命價值在於「生命品質」的觀念來
代替；但，同樣地對台灣的民眾而言，生命品質似乎也是一
項遙不可及的想像，因此，我們應該從生命神聖和生命品質
這一組相對觀念中，得到些什麼思想上的激勵？

孔子說：「未知生，焉知死？」然而，死亡的恐懼一直
籠罩著我們，以致迷信大行其道。我們應該恐懼死亡嗎？思
索生命的意義能幫助我們克服死亡的恐懼嗎？對生活在台灣
這個狹窄、擁擠的島嶼、成日追逐金錢與權力的人們而言，
生命的意義何在？青少年不應該自殺只是因爲社會將會損失
了生產人力嗎？這種自殺的功利式檢討，赤裸裸地反映出我
們對生死觀念的欠缺和無知。如果不從社會功利的角度來
看，自殺本身的意義是什麼？我們的社會曾經深思過嗎？死
刑亦然。反對廢除死刑的主張，幾乎千篇一律都是令人乏味
的官腔官調；但，可悲的是，倡導廢除死刑的人道主義者，
除了標榜先進國家大多廢除死刑之外，還能有什麼令人振奮
的新論述產生？廢除死刑的理由爲何？環境能容許嗎？支持

廢除死刑的深層信念又建立在哪裏？這些問題我們都思考過了嗎？逝者已矣，來者可追，希望本書的論文，能夠爲我們的公共言論注入一些源源不絕的活水。

我們一向處於戰爭的威脅之下，生存厥爲第一要務，似乎戰爭背後的倫理思考未免太過遙遠而不切實際。然而戰爭倫理學的建構可以提供我們反抗強權侵略的精神武裝，讓我們辨明；究竟是什麼倫理原則和情感會引發戰爭？什麼倫理原則可以消弭戰爭？什麼理論能使我們避戰而不怯於當戰則戰？哪些原則足以讓我們願以一己、甚至許多生命爲代價來爭取？世界饑餓和動物權問題似乎距離我們更爲遙遠，然而今日台灣已非昔日接受外援的低度開發國家，她搖身一躍成爲國際知名的富人；我們能夠自外於國際社會，而不思回饋嗎？能不善盡身爲國際一分子的責任嗎？進一步，我們是否更該將眼光投向那些異類──動物的權利問題？美國哲學家將動物有著免於受苦的權利和素食、世界饑荒之疏困連結起來，爭論彼此間的關聯和道德抉擇，這是他們社會的獨特處境。的確，美國消費大量毫無效率的肉食，這些浪費足以解決世界上大部分的饑餓問題；再者，他們以極不人道的方式來大量圈養食用家畜，實驗室裏的科學實驗也帶給許多動物恐懼受苦的一生。反觀台灣，儘管規模不大，卻也多少有著類似而不盡相同的問題，佛教文化的薰陶使得部分台灣人民有慈悲爲懷的善心，於是有了放生行爲，然而我們是否該評估生態上的影響？但是，也有一部分台灣人民相當不負責任，拋棄一度餵養的寵物，造成社會環境和生態問題，這是我們的獨特處境。然而，種種問題，卻只顯示了一件事：我們著實欠缺當代問題的倫理反省。

問題都已經存在許久了，漠視只會讓它們益形迫切而嚴

重，或許解決之日尙遙遙無期，但我們總得邁開腳步。開始
深思希望本書的出版，能夠將原本僅限於哲學界的教學課
程，推廣到各相關領域，鼓動各界勇於投入應用倫理學和生
死議題的思考。雖然不一定自此走上坦途，但至少我們已在
起步之中。

　　本書由台大哲研所的博、碩士研究生共同合作翻譯。六
十一篇經典論文本身的份量之重、所涉及的問題和領域旣多
且廣，實非一人之力可能獨立完成。故採合譯形式，根據各
人的興趣、專長、時間來分配，共有博士研究生（括號內爲
所譯篇數）楊植勝（7）、陳瑞麟（22）、張忠宏（14）、魏德驥
（8）、李志成（1）；碩士研究生彭涵梅（3）、凌琪翔（3）、蔡
偉鼎（2）、張培倫（1）花一年多的時間完成，其間並經多次互
相討論和修訂譯文，耗費心力可謂至鉅。儘管我們以最嚴密
的態度從事，然疏漏誤譯之處，恐難完全避免，祈請各方師
長、先進不吝賜敎。

陳　瑞　麟 謹識于
國立台灣大學哲學研究所

原　　序

　　這是一本系統處理有關生和死的道德爭議著作。它用來做爲我著作《生和死：現代道德困境的挑戰》（*Life and Death:Grappling with the Moral Dilemmas of Our Time*）的姊妹册但更適合獨立使用、閱讀。

　　目前，社會因相關作品中所討論的生和死問題而分裂成兩個極端的陣營：生命神聖、死和瀕死的意義、自殺、安樂死、墮胎、死刑、動物權、世界饑荒和戰爭。我已用辯証的形式爲讀者們編輯一本文集，蒐集來自正反觀點中最好的文章（從可行性、寬厚、論証一致的觀點來選取）。

　　我爲本書的每一部分撰寫了簡短的引言以及每一篇文章作者的介紹，以便幫助讀者定位作者的問題和立場。我並未在這些簡短的介紹中分析論證——那是讀者自己應該嘗試的——爲讀者的閱讀預作準備。

　　《生和死：現代道德困境的挑戰》爲所有爭議和選用在書中的很多文章提供分析。它可以幫助讀者定位這些文章更寬廣的思想脈絡，直接解決這些論證，並指出更寬廣的涵意。在本書中的文章非常豐富，它們是在每個爭議中相對觀點的最佳代表性文章。如果兩本書一起使用，我建議讀者在查詢《生與死：現代道德困境的挑戰》之前先閱讀這些選文。當

然，讀者也可以單只選讀後者。

編選在本書中的許多文章，有些讀者可能需要讀二次甚至三次。我建議你們使用 SQ2R 進路：縱覽(survey)、質問(question)、閱讀(read)、反省(reflect)。也就是，先大致地閱讀一遍文章，毋需在意你是否已掌握了所有主要的問題，然後察看焦點議題，並且懷想著焦點議題，同時更仔細地再讀一遍文章。最後在讀完本文後，再三地反省問題。

在我們的時代中，清楚、包容、且富想像力地思考道德生命尤其重要。對一個有思想的人來說，沒有什麼事比它更能鼓舞人，也沒有什麼事會比它對我們的社會更具挑戰性。給予一般人小小的引導，幫助他們評價且建立道德推理。正是由於在道德生命上投下光亮的這個希望，且爲了幫助一般讀者具備深入反省我們時代對生與死的道德兩難爭議的能力，我爲你們編寫了這對姊妹書。

最後，我要感謝一些幫助我編輯這册讀本的人。十多年來，我的學生使我察覺到這些爭議中細緻的部分，以及一些文章超過其它文章的優越性。我的這本書將奉獻給他們，做爲我受益的標誌。金斯柏格(Robert Ginsberg)，瓊斯和巴特雷(Jones and Bartlett)公司的哲學編輯是一位無價的批評者和指引者。巴特雷(Arthur Bartlett)在這條路上的每一階段鼓勵我。尤其是，我衷心感激我的妻子，裘蒂(Trudky)，的支持，沒有她的寬容和愛，我的生命中可能無法達成什麼成就。

波伊曼(Louis P. Pojman)

目　錄

導讀：基本倫理學與墮胎

楊植勝

現代倫理學的課題

在哲學的領域裡，簡要地說，倫理學所討論的是屬於價值判斷上的「好」與「壞」（或「善」與「惡」），以及「對」與「錯」（或「是」與「非」）的問題，有別於形上學與知識論討論屬於眞理事實方面的「眞」與「假」的問題。對這些問題的瞭解在西方不同的歷史階段有很不同的內容。「好」、「壞」與「對」、「錯」的價值，在像古希臘那樣一個黑格爾以**倫理性**（Sittlichkeit）名之的時代或國度，是既予的、確定的，和一個人在社會裡的身分或地位不可分。希臘人所講求的**德性**（$\alpha\rho\varepsilon\tau\acute{\eta}$）就是個人在他的這個位置上表現的優秀。柏拉圖的《理想國》對正義的定義充分表現了希臘人對倫理價值的典型認識；它說國家（城邦）的正義是「謀生者、輔助者與衛士的正確作用，即各做自己在國家裡的工作」，而個人的正義則是與衛士、輔助者、謀生者相類比的理性、精力、

欲求（即知、情、意）三個部分的「各司其職，不逾其分」。
對希臘人而言，靈魂的每一個部分都有其專屬的作用，每一
個專屬作用的良好執行就是一種德性，而正義則是靈魂的各
個部分在其專屬領域內的適當作用。國家的情況與個人可以
相類比。希臘人受限於這樣一種對身分地位的直接認同，還
沒有意識到在不同的身分或地位之間──同時也是，不同的
德性之間──的衝突面向。在黑格爾的《精神現象學》裡，
這是希臘悲劇的核心，也是倫理世界解體的由來。相對於希
臘的倫理世界，現代的倫理學用完全不同的態度來面對倫理
問題：希臘人對行為的判斷牢牢地固著於他們在所屬城邦的
身分地位，而命運是這個既予的身分地位加上個體自然的氣
性所導致的必然。近代以後，西方人在身分地位的宿命已經
充分解放了，但是因此遺留下來的就是屬於個性的偶然與任
意性，其上焉者，是尼采所謂的虛無主義，下焉者就流為本
書所說的倫理相對主義──而倫理相對主義，如本書第一部
裡，編者波伊曼在第六章說明的，乃是倫理的死亡。

　　從封建制度解體、宗教力量式微以後的現代人，我們的
命運是有最大的自由，而沒有行為的依循方向；或說有最大
的空間作選擇，卻不知道要選擇什麼，而往往只能訴之於偶
然與任意性──所謂「只要我喜歡，有什麼不可以」的任意
性──最後甚至這種訴諸為榮為傲，似乎在龐大的社會體制
裡，只有這一類微小的任性可以讓個人突顯自我。在這一段
當代的倫理學家美尹泰兒（Alasdair MacIntyre）比喻為浩
劫後的時代，自啓蒙運動以來的思想家們，面臨各種懷疑主
義與相對主義潮流的衝擊，也試圖用理性的建構重新為人類
的行為尋找對錯判斷的原則與規則，以奠定行為的必然性。
相對於古希臘時代的（以及中國的）倫理學建立在德性之上，

現代的倫理學是一種建立在原則或規則之上的倫理學。本書
即以現代的倫理學爲範圍，挑選了三篇具有代表性的作品供
讀者品嘗，它們分別是康德的《道德形上學之基礎》──代
表**義務論**的倫理學，彌爾的《效益主義》──代表**目的論**的
（效益主義的）倫理學，與霍布斯的《利維坦》──代表**契
約論**的倫理學。這三篇作品，如果我們從歷史的先後次序來
說，是先《利維坦》，其次《道德形上學之基礎》，然後才到
《效益主義》。

　　義務論與目的論是現代倫理學傳統兩大涇渭分明的派
別；契約論的理論往往可以就其論點畫歸到義務論或目的論
裡。例如本書編者在導論所舉柏拉圖《理想國》裡葛勞空所
提出來的說法明顯地是一種目的論，而現代的倫理學者羅爾
斯（John Rawls）的正義理論則是一種義務論。本書所選的
《利維坦》則不容易做這樣的歸類，甚至不容易區別它是不
是主張倫理相對主義：它認爲正義、不正義都只是國家的產
物，因此道德似乎只是一種後天的依附存在；但是它描述人
類建立國家以前的自然狀態又只是一種假設狀態，目的在說
明國家依據自然法則成立的必然性，這又使道德顯得有其先
天之必然性。自然狀態的虛擬性是一切契約論者搖擺於義務
論與目的論之間的主要原因。但是《利維坦》與其說是一部
倫理學著作，毋寧說更是一部政治哲學著作；因爲它的目的
不在建立一套倫理價值的判準，而在根據人性上利害的考
量，說明國家或社會的必然性。

　　康德的道德哲學可以視爲義務論倫理學裡最具代表性的
哲學理論。面對古代倫理世界的解體與英國道德情感理論（它
幾乎必然地要引申出倫理相對主義來）的挑戰，他試圖以理
性的方式到行爲本身來尋找倫理性。在希臘人那裡依從於倫

理實體所產生的直接的倫理必然性，在倫理實體解體後，康德哲學把它安置在反省的實踐理性上，使行為之「應當」的必然性獲得保存。據此，我們可以說，康德是古代嚴格道德的捍衛者。目的論的道德判準在於行為的結果：結果是好的，行為就是對的；結果是壞的，行為就是錯的。相對於此，康德所提出的是和目的論理論針鋒相對的道德認定：從行為的結果不能決定它是道德的，必須回到行為的源頭，看看它是不是**出自義務的動機**（from the motive of duty）。所以根據康德的判準，行有餘力、以做慈善事業為樂的行為不是道德；行無餘力、不以做慈善事業為樂，而仍勉強為之才是道德，因為前者只是出於天性的傾向——做好事使他獲得快樂——而後者才是出於義務的要求——在做好事並不讓他特別快樂的情況下，他還願意做好事，只因為做好事是「應該」的——才是道德。

在哲學史上，目的論並不是啟蒙運動以後的新理論；我們可以追溯它到古希臘的時期。但是歐洲新時代的思想有什麼不能在古希臘找到它們的源頭呢？文藝復興時期的口號是「回到源頭」，可是它帶領歐洲人走向的卻是一個嶄新的自由世界。新世界裡的英國效益主義者們所著眼的目的論，是與亞里斯多德的目的論有完全不同的關切要點。我們可以把現代的這種倫理態度和古代做一個對照。前面提到：在古代的倫理世界裡，行為的正當性是與人在城邦裡的身分地位一致的：你在什麼位置上，你就應該怎麼做。中國古代的封建社會有相同的倫理要求；當時的「五倫」所說的，就是一個在什麼樣位置上的人，要做得像那個位置上的人的樣子。孔子的各種德性要求，也在確保這種倫理秩序實質上的維持。孟子直言自己的好辯是因為「聖王不作，諸侯放恣，處士橫

議，楊朱、墨翟之言盈天下。天下之言，不歸楊，則歸墨。」
——而楊、墨之言顛覆了中國的倫理世界：「楊氏爲我，是
無君也；墨氏兼愛，是無父也。無父無君，是禽獸也。」從
現代人的眼光來看，「無父無君」必不致於像孟子那樣被當作
「是禽獸也」。但是在傳統的倫理世界裡，「君不君，臣不臣，
父不父，子不子」的情況確是一個捍衛社會德性的知識分子
所無法忍受的亂象。周朝的封建制度解體後，中國的社會並
沒有像後來的歐洲社會一樣走向更完全的解放；倫理實體被
維持著，前此儒家捍衛倫理世界的言論被做成道德教條，成
爲歷代君主鞏固社會結構的手段之一。而在西方中古時代的
末期，身分地位的倫理性則隨著封建社會的解放與基督宗教
的逐漸式微，倫理行爲的正當性變得無所依附。

　　康德所做的，是在行爲本身尋找理性的道德判準，以回
復古代倫理的嚴格性。但是對於新時代裡業已從倫理實體解
放出來的歐洲人而言，他們面臨的已經不再是唯一的一個必
然的「應當」之行爲要求，而是眾多你「可以」決定的選項
裡「何者較好」的行爲抉擇。道德嚴格的絕對性在解放的空
間裡量化爲相對性的選擇。這些目的論者被稱爲效益主義（舊
譯功利主義）者，因爲他們判斷行爲的判準就是**效益**（util-
ity），或描述爲**最大的幸福**（the greatest happiness）。他們
之中，首先提出這個判準的是邊沁。我們注意到，在英語裡，
happiness 既是幸福，也有快樂的意思。邊沁的效益主義就接
近於所謂的**快樂主義**（hedonism）。它容易導致一個結果，就
是與其作一個不快樂的人，不如作一隻快樂的豬，或與其作
一個痛苦地追求智慧的蘇格拉底，不如作一個悠閒地混吃等
死的笨蛋。彌爾對效益主義進一步的發展一個重要的考慮就
是要解決目的論的這個可笑的結果。他提出幸福或快樂的計

算不侷限於它們的「量」，而且要擴及「質」的範圍，這意思也就是，所謂的幸福或快樂要有等級之別：豬的快樂的量再大，在質上也不能及於不快樂的人；蘇格拉底再痛苦，也強似一個悠閒地混吃等死的笨蛋。

霍布斯、康德、彌爾都沒有懷疑道德的客觀性。即使霍布斯認為道德是社會性的，這個社會（國家）也是依照人性必然得到的一個結果，因此使得這種社會性保持了一種屬人的普遍性。但是在哲學史上，任何正立性的哲學永遠存在著懷疑主義的威脅，倫理學也不例外。**倫理相對主義**雖然不像懷疑主義那樣主張根本沒有有效的道德原則，卻也認為沒有普遍有效的道德原則，而只有相對於文化或社會，或相對於個人有效的道德原則。前者（認為只有相對於文化或社會有效的道德原則）的主張稱為**約定俗成主義**（conventionalism），後者（認為只有相對於個人有效的道德原則）的主張稱為**主觀主義**。本書摘選了希羅多德《歷史》一書裡的一段簡短的文字，例示一個文化的相對主義的看法。我們並不能從文化的相對主義確定它是不是同時在道德上主張倫理的相對主義，但是在本書接著所選的潘乃德的〈人類學與異常〉一文裡，我們就看到了明白的倫理相對主義道德的看法。這個看法是從潘乃德人類學的田野調查裡獲得的。在這些調查的結論裡，潘乃德說明不同的文化對道德上的對錯有分歧的看法：道德，不是普遍有效的。在這第一部分的最後，編者本人發表了他自己著作裡的一篇文字，提出一種介於倫理絕對主義（像倫理世界的道德要求或康德的義務論系統）與相對主義之間的「倫理客觀主義」，以確保倫理原則的普遍有效性。

本書第一部分所選的六篇文章相當充分地呈現了現代倫

理學所專注的課題及其所面對的挑戰。這六篇文章雖然包含
了一篇古希臘時代的作品，但是希羅多德的文化相對主義對
於古希臘人的倫理觀念並不具代表性；而且文化相對主義，
如同其他各種相對主義或懷疑主義，也總是在任何時代或環
境──尤其是絕對主義或獨斷主義發展到相當程度的情況下
──與正立性的思想對峙著。如果我們注意到人類學田野調
查方法在現代的興盛，那麼文化相對主義毋寧更是屬於現代
人的觀念。屬於古代人的那種直接性的倫理立場在本書裏並
沒有文章收錄，讀者如果想要尋根探源，可以參閱柏拉圖的
《理想國》和亞里斯多德的《倫理學》，甚至閱讀較早的史詩
與悲劇都能提供這方面的幫助。由之不難瞭解現代倫理學在
社會解體後契約論與效益主義的興起，以及康德以道德形上
學爲其哲學所自承之使命最重者的緣由。

胎兒生命權利的論辯

　　本書的第二部是關於當代應用倫理學的一個熱門話題
──墮胎──的論辯。這個論辯像其他充滿爭議的法律案件
一樣，一方面需要**事實的釐清**──「要到懷孕的哪一個階段，
胎兒才算是一個人，因而享有作爲一個人的權利？」──一
方面也有眾多的**原則的適用**問題──「在怎樣的情況或條件
下，一個母親可以合法地拿掉她腹中的胎兒？」──編者在
這個話題上選了五篇文章。這五篇文章有獨立提出看法的，
也有針對另一篇文章的論點作爭辯的。讀者可以在這些論點
上看到當代倫理學對於人類在現代面臨的道德和法律上需要
作抉擇的課題所採取的討論方式。

　　編者所選的第一篇文章是努南的〈墮胎在道德上是錯

的〉。它的論點從回答上述的事實問題──「一個人要從哪一個截出來的點上開始被當作是一個人？」──著手。它檢視了一些流行的區別判準，包括**生存能力**（viability）、**經驗**、成人對它（胎兒）的**感情**（sentiments）、父母對它的**感覺**（sensation），以及它在**社會裡的出現**（social visibility），指出這些判準本身的問題，拒絕用它們來區辨人之為人。這篇文章說明了下述事實，就是生命的形成是連續的，我們沒有辦法在它的發展過程中截取一個點，斷定在這個點之前還不算是人，要到這個點之後才是人；在過程裡能夠衡量的只有**可能性**（probabilities）的量：一個濾泡能夠發展成一個卵子，或一個精子能夠跟卵子結合的機率非常低，但是一旦它們結合之後，進一步自然地發展成為一個嬰兒的機率則高達百分之八十，「在生命存在的這個階段，它的可能性有一個巨大的變化，它的潛在性有一個大跳。」這個大跳提供了一個可以截然畫分的標準：**一個胎兒，一旦它成為一個胎兒，就應該被視為是一個人**；而它作為一個人，具有它的生存權利。所以墮胎是不被允許的。

　　編者所選的第四篇文章──娃荏的〈贊成墮胎的人格論證〉──反對上述第一篇文章所提出的標準。這篇文章區分「從道德意義」與「從遺傳學意義」兩種判定人之為人的標準，說明前一篇文章是**從遺傳學意義**來判定一個人從什麼時候開始，但是墮胎問題卻是**道德**的問題：「很明顯地，如果他（努南）那個版本的傳統論證要有效，他需要證明的就是，胎兒在道德意義上是人類……」本文於是從**人格**（person-hood）的概念來從事這個道德意義的判斷，提出人格的五個基本判準（意識、推理、自發的行動、溝通的能力、自我概念與自覺的存在），據以認定胎兒不足以被視為一個人：「它

沒有充分的意識，就像幾個月大的嬰兒一樣，它也不能推理或溝通不同的許多種訊息，不能從事自發的行動，而且沒有自覺。因此，在這些相關的面向上，胎兒，即使是一個發展成熟的胎兒，還是比一般成熟的哺乳類動物更不像人，甚至比一般的魚更不像人。」而且，即使我們承認胎兒具有人的潛在性，從這種潛在性而來的權利也「不可能壓過一個婦女能夠取得墮胎的權利。」

　　這一部分的第二篇文章是湯姆蓀的〈墮胎的防衛〉。它終止討論那可能不會有解的事實問題，而把焦點放到原則適用的問題上來：即便胎兒是一個人，它保持生命的權利是否可以在法律上阻止一個母親墮胎？訴諸一個「需要用你的腎的小提琴家」的類比，本文得到否定的答案：法律不能為了另一個人生存的必要而犧牲一個人**本有的權利**，像支配他自己的身體的權利。一個母親拿掉她腹中的胎兒也許不夠慈善、不夠寬容大量，或甚至是冷酷無情，但並不是不合法的。

　　第三篇文章——布羅迪的〈反對墮胎的絕對權利〉——在反駁上一篇湯姆蓀的論點。它指出另一種看待墮胎的不同的觀點。關於墮胎的討論，我們可以把不墮胎視為拯救一個人的生命，也可以把墮胎視為殺害一個人的生命。這兩種面向是不矛盾的，但是從一個面向出發所得到的結果將和從另一個面向出發所得到的結果互相衝突。湯姆蓀「借腎給小提琴家」的類比暗示的是從前者面向出發的觀點。在這樣的觀點下，法律不能禁止一個母親墮胎，因為拯救一個人的生命只是一種慈善，而不是一種義務；法律不能要求一個人慈善的事，把「不救人」當作違法。相反地，如果墮胎是在殺害一個人的生命，那麼法律必須禁止它，因為殺害人的生命是法律所要干預的。本文採取這個觀點，指出墮胎——如果胎兒

被視爲是一個人──的確是**活生生地殺一個人生命的行爲**：
「對於 X，我沒有責任爲了救他的生命而讓他使用我的身體，而 X 也沒有權利爲了救他的命要求上述的情事。……但是這部分的說法無關墮胎的情況，因爲在拿掉一個作爲人的胎兒時，是母親必須殺害 X 才能獲得對她的身體的使用權，這是一件完全不一樣的事情。」本文的最後回到事實的問題上來，根據胎兒的發育程度，認爲胎兒並不是在懷孕的當下就足以視爲一個人；胎兒成爲人的時間「大約是在第二週的末尾到第三個月的末尾」。

這一部分所選的第五篇──也是最後一篇──文章是甘斯樂的〈反對墮胎的金科玉律〉。它首先批評了三個贊成墮胎的論證，然後提出它的**金科玉律** (Golden Rule)。這個金科玉律是一個行爲一致性的要求：「如果你一致而且認爲『對 X 做 A』是對的，那麼你會同意某個人在相同的情況下『對你做 A』。」這個要求和《論語》所講的「恕」的意義──「己所不欲，勿施於人」──是相同的：「如果你不同意某個人對你做 A，那你就不認爲對 X 做 A 是對的。」墮胎的問題可以依此推論：「如果你不同意別人在正常情況下當你是胎兒的時候把你墮掉，那你就不認爲對一個胎兒做這種事是對的。」本文把這種論證稱爲康德式的論證，因爲康德的道德哲學──如我們在第一部分的第一章裡可以讀到的──主張道德命題是一種定言令式，那必然要符合一個普遍法則，也就是說，它必然可以適用在包括自己的一切普遍對象上，而沒有條件或例外。

從這五篇文章裏，我們看到當代倫理學在現代生活所面臨的問題上面的應用，這樣的討論方式是所謂「應用倫理學」的範圍裏經常可見的。讀者在這些文章裏要得到的，並不是

像在法庭的審判裏「究竟是誰對」的結果而已；更重要的毋寧是論辯的過程，以及正反兩造的理由。像墮胎這樣一個具爭議性的問題，我們可以預測，本來就不至於有「一方全對，一方全錯」的零和結果。因此我們在參加這樣一場論辯時，應該在意的是兩方分別之所以對、之所以錯的地方，而這些地方都包含在其立論的論點裏。即使這樣一場論辯不得不作出一個判決，分出勝訴的一方與敗訴的一方來，讀者也應該注意到：敗訴的一方並非全無理由，而它的理由可能在不同的條件背景下使它反敗爲勝。今天在世界各國的立法與判決例裏，我們看到墮胎的反對者與支持者分別有輸有贏。結果的不一致正顯示它不是確定的、值得一個願意瞭解這個問題的人重視的；該重視的更是種種據以反對與支持這個結果的理由與論據；只有在充分把握這些理由與論據之後，我們才有可能解決這樣一個問題。

　　墮胎並不是應用倫理學裏唯一的問題，但是經由墮胎問題的例示，我們能夠瞭解當代倫理學在現實問題上的應用。本書選擇基本的倫理學理論與墮胎問題作爲它的兩個部分，目的正在提供一個既有理論亦有應用的現代倫理學全貌。如果讀者願意悉心閱讀，藉由本書，就足以讓你窺見現代倫理學世界的宗廟之美與百官之富。

第一部
基本倫理學

前　言

楊植勝　譯

倫理學討論的是對與錯的行為，以及我們所應該生活的方式。這裡面牽涉到一套引導行為的規則。它對我們有很大的影響，包括增進生活的幸福、改善痛苦的狀況、用公正的判準解決利益的衝突，以及告訴我們對任何一件事應該給予支持還是譴責。引導行為的規則也許是普遍有效的，也許因文化而異、每個社會的核心都有一套它傳授給年輕人的道德規則。但是不管怎樣，如果沒有某種引導行為的規則，人類的生命一定會傾向變壞。

本書所要談的內容包含倫理原則在生與死的論題上的應用：生命的價值、墮胎、自殺、安樂死、死刑、動物的權利、戰爭、以及其他的主題。但是首先我們需要先瞭解我們在理論上基本的選項，否則我們的應用就缺乏一個主要的架構。康德的那句名言可以這樣改裝來說：實踐的倫理學沒有理論是盲目的，而倫理學的理論沒有實踐是空洞的。

前三篇文章要談的是古典的倫理學理論：義務論的、效益主義的與契約論的倫理學理論。**義務論**（Deontological，字源來自於希臘文的 deon，是「義務」的意思）理論所強調的是該當的行為的種類。價值落在「對的」種類的行為上，像是說實話、信守諾言、忠實等等。**效益主義**的理論則不強調行為的種類，而強調行為可能導致的結果。行為之所以為

對，乃在於它會產生最大的「善」。效益主義的座右銘是：「最大多數人的最大幸福」。用一個簡單的標語就可以讓你記住它們的差異：對義務論者而言，結果不可能證成手段，但是對效益主義者而言，結果永遠可以證成手段。在我們後面的文章裡，康德(Immanuel Kant)代表了義務論的立場，而彌爾(John Stuart Mill)則代表了效益主義的立場。

我們必須討論的第三種立場是**契約論**的倫理學，它首先在柏拉圖的《理想國》(*Republic*)一書裡由葛勞空(Glaucon)提出來：

> 他們說，就其本性而言，做不正義的事是善的，而受到不正義的事則是惡的，但是受不正義所得到的惡要比做不正義所得到的善要來得多，所以當人們做了不正義的事又受了不正義的事，嘗到兩者的味道後，那些力不足以只享惡事之福而不受惡事之殃的人就決定要彼此訂一個約定：大家都既不要對別人做不正義，也不要受到別人的不正義——認為這符合他們的利益。而這就是立法、以及人與人之間訂約的起源。然後他們把立法的命令稱為法，稱為正義。這就是正義的基本性質的根源——一種最好與最壞的折衷：最好的是做不正確的事而不受懲罰，最壞的是被做不正義的事卻無力報復。正義……作為兩者的中庸之道，被大家所接受和支持，原因並不在它是真正的善，而在於它使人無力做不正義的事，並因此得到其令名。任何人，只要他還算是個「人」的話，一旦有足夠的力量能夠做不正義的事而不受懲罰，他就不可能跟人家訂這種「既不享

不正義之福又不受不正義之殃」的約定，否則他就
是個瘋子。

　　　　　　　　　　　　　　《理想國》第二書）

　　道德（或在柏拉圖的討論裡用「正義」稱之）是一件人
所發明的必要的惡。人之所以發明它，是因爲我在一個資源
有限而欲望無窮的世界裡需要保護。它代表了一個妥協：「我
節制我自己，但你也要節制你自己。」

　　契約主義的古典作品代表是霍布斯（Thomas Hobbes）
所寫的《利維坦》（*Leviathan,*1651），我們的第三篇文章是這
本書的摘錄。霍布斯接著葛勞空的腔說，如果不是爲了解決
利益衝突使我們同意建立一些規則，生活會變得極其混亂，
每個人都在彼此戰爭著，他是「孤獨的、可憐的、凶惡的、
粗魯的、短暫的」。爲了避免這種「自然狀態」，我們設計一
些規則來和平地解決歧異，並且訂定契約來確定這些規則。
這使我們作出一種妥協。我們放棄了某些自由來換取安全，
但是我們同意這樣做是符合自我的利益的。

　　對於義務論者與效益主義者而言，道德原則是客觀的原
則，人可以藉著理性發現它們；但是對於契約論者而言，它
們卻是社會所創造出來的。舉例來說，假設你和我彼此不認
識，相互提防，我們的恐懼會耗費我們許多的時間和精力。
我們想要好過一點，擺脫當前的處境，那麼我們必須能夠達
成一個互不侵犯的協定，也許雇個第三人來監督這個協約，
或者找個計畫來互相合作，使得禁阻暴力成爲符合我們的自
我利益的一件事。

　　義務論的倫理學強調對義務**無旨趣地**（disinterested）獻
身；效益主義強調對最大幸福無旨趣的獻身；而契約論者的

倫理學卻是**以自我爲中心的**(egoistic)。它的動機出自我們的自利心。

　　這個導論所介紹的這一部分的第二組論題是關於倫理學規則是普遍有效還是因文化而異。我先要談談這兩者的區別。

　　倫理相對主義的觀念是認爲根本沒有普遍有效的道德原則，相反地，所有的道德原則都因文化或個人的選擇而只是相對有效的。這個觀念要和道德的懷疑主義相區別；後者認爲根本沒有有效的道德原則（或我們不能信賴任何道德原則）。倫理相對主義有兩種形式：㈠主觀主義：視道德爲個人的抉擇（「道德存在於觀看者的眼裡」）；㈡約成主義：認爲道德的有效是因爲社會的接受。相對於倫理的相對主義就是各種倫理的客觀主義理論。所有客觀主義的形式都肯認某些道德原則的普遍有效性。其中最強的一型是道德絕對主義，認爲每一個像是「我在X的處境應該怎麼辦？」的問題都只有一個答案，不管這個處境是怎樣；而且任何一個道德原則絕對不會被超越──即使你說是被另一個道德原則所超越，它也拒絕這種可能性。客觀主義的較弱的一型則視道德原則爲普遍有效，但並非永遠可以適用到所有的情況。也就是說，道德原則A可能在某個處境爲道德原則B所超越，而在另些處境則沒有標準答案。在我們的第四篇文章裡，希羅多德(Herodotus)提供我們一個具有道德力量的文化差異之範例。在第五篇文章裡我們則是看到美國人類學家潘乃德(Ruth Benedict)爲道德相對主義辯護，而最後一篇文章是我對相對主義所提出的批評和對客觀主義所作的辯護。

　　請翻閱本書的第一篇，康德的〈義務論倫理學〉。

① 義務論倫理學*

Immanuel Kant 原著　楊植勝　譯

　　康德(Immanuel Kant, 1724-1804)出生於德國王嶺 (Konigsberg，現在是俄國的一部分) 一個十分虔誠的路德教派家庭，他終身住在那個市鎮裡面，下半輩子就都在王嶺大學裡擔任教職。他的生活一板一眼，非常嚴整，規律到據說王嶺的居民都從他的散步時間來調整他們家的時鐘。康德是西方歷史上一流的哲學家。他最重要的作品《純粹理性批評》(*Critique of Pure Reason*,1781) 給知識論帶來了一場哥白尼革命，把我們瞭解心物關係的方式顛倒了。在康德以前大部分的哲學家都認爲諸如因果關係、時間與空間一類的範疇是在外在世界裡。康德把這種看法推翻了，他提出了這些範疇是內在我們的心裡，並且規約著我們看世界的方式。

　　下面的文章是從康德的經典作品──寫於西元1785年，概述他的倫理系統的《道德形上學之基礎》(*The Foundations of the Metaphysics of Morals*)──摘錄出來的。康德致力於排除某些倫理學理

論，如蘇格蘭道德家哈起孫(Francis Hutcheson, 1694-1746)與休姆(David Hume, 1711-1776)所提出的**道德情感理論**(Theory of Moral Sentiments)，在這個理論裡道德只是偶然的和有條件的。道德情感理論視倫理學爲偶然而非必然；也就是說，如果我們不是這樣一種身心構造，我們現在就具有另一種不同的本性，因而會有不同的需要、欲望和感情。舉例來說，如果在我們的生活裡有無限的資源而無私有之必要，那就不會有防範竊盜的法律。更進一步地，道德情感學派宣稱道德義務或道德命令都是有條件的，因爲它們都仰賴於我們想要去實現它們的欲望。這個假設的形式是：「如果你要X，那麼你就要做Y。」舉例來說，如果你要得到幸福，就去找個人來愛；如果你要和平，就跟別人約定不要互相攻擊，遵守國家的法律，以及諸如此類等等。這些規則沒有什麼是絕對的，只要你目的不同，就可以把它們換掉，譬如說，如果你不要過和平的生活，那就沒有什麼理由禁止自己去侵害別人。

　　康德拒絕這種自然主義（即建基在人性之上）的倫理解釋。倫理不是偶然的，而是絕對的，它的義務或命令不是**假言的**(hypothetical)，而是**定言的**(categorical——非條件性的，或說沒有條件限制的)。倫理不建基在感情之上，而建基在理智之上。由於我們是理性的動物，所以我們能夠發現在一切時代裡約束所有人的道德律。這樣，我們的道德義務就不是仰賴於我們人性或感情，而是仰賴於理性。它們是無條件的、普遍有效的，以及必然的，

不管它可能的效益結果是什麼，也不管是否與我們的性向相對立。

康德的定言令式的第一個表述是：「一切行爲悉依一準則，就是依它，你能夠，也願意它成爲一普遍之律則。」這一命令用來作爲判斷其他一切原則的判準，即以普遍律則的理念來檢測所有的準則（即任何人所提出的行爲規則，譬如說：「如果爽約可以達到我的目的，我就不守我的然諾。」如果你能夠一致地要求每一個人都做相同型態的行爲，那麼那一型態的行爲就是定言令式的適用所要責成的行爲。如果你不能夠一致地要求每一個人都做相同型態的行爲，那麼那一型態的行爲就是不道德的行爲。例如康德就説我們不能把這個準則普遍化：「不管爽約可否達到我的目的，我都不守我的然諾。」因爲然諾本身需要或仰賴對守約的執著。

康德對於他的獨一無二專擅其他一切準則的道德判準提出第二個表述：「行爲時對待人，不論是自己的人格還是別人的，在每一種情況下都把它當作一個目的而不只是一個手段而已。」每一個人由於他本身的緣故都有他的尊嚴與價值，這就意謂他不能被使用、操縱或當作個工具來犧牲，即使這些作爲是爲了我們心目中大眾的福祉。雖然康德沒有明説，但是很多學者相信我們要把上述兩個表述合起來才會得到一個完整的義務論系統。定言令式給予我們倫理的形式結構：道德原則的普遍化；而平等的尊重原則賦予我們的原則以內容：「做那有助於人的尊嚴的事」。以下就開始我們的閱讀。

序　言

　　因爲我們這裡所要討論的是道德哲學，所以我把問題侷限爲如下的表述：建構一門純粹的道德哲學，完全排除掉任何只是經驗的、以及屬於人類學的東西，是否爲最必要的一件事？因爲從義務和從道德律的觀念來看這樣一門哲學的可能性都是一件再清楚不過的事。每個人都必須承認，如果一條律則要有道德的力量——例如這個令式：「你不可說謊」——那麼它就不能只是對人有效而已，更不能只像是其他的理性生物都不需要遵守它一樣；而因此其他的道德的律則只要被叫作是道德的律則，它的義務的基礎就不能只是在人性裡找，或是在人所處的世界的環境裡找，而是先天地就在**純粹理性**的概念裡。至於其他建基在經驗原則之下的令式，它們雖然在某些方面也是普遍的，但是只要它有一絲一毫是立基在經驗的基礎上——即使只是一個動機——這樣的令式，作爲一個實踐的規則，仍然不能稱爲是一個道德律。……

善的意志

　　在這個世界裡，或者甚至在這個世界之外，除了**善的意志**，沒有什麼東西是不加任何條件就可以直接稱它爲善的。聰明、機智、明察秋毫，以及其他許多不同名稱的心靈能力，或者勇氣、決斷、耐力等等氣質，無疑在很多方面都是善的、值得追求的；但是這些本性上的天賦也可以變成是極壞的甚至是邪惡的，只要使用它們的那個構成所謂性格的意志不是善的。名利權勢之事也一樣。權力、財富、榮耀、甚至健康，

以及一個人諸般條件的福祉與滿足，即所謂幸福，都會令人驕傲，變得妄自尊大，除非有一個善的意志在校正它們對心靈的影響，並且也藉此修正整個行事的原則，使它合於其目標。任何一個存在者，如果他未包含有絲毫純粹而善良的意志而享有生命完整無缺的榮華，是不會樂於看到有一個公正無私的理性觀察者的。這樣，甚至就為了幸福的獲得，一個善的意志都是不可或缺的。

　　有一些素質甚至是有助於這個善的意志，並且是可以促進它行動的，但是它們沒有內在絕對的價值，而總是預設了一個善的意志，並正因此使我們對它們有合於其地位的敬意，但是並不使我們認為它們是絕對地善的。感情的中節、自制，以及深思熟慮在許多方面都不只是善而已，還構成了人格的內在價值；但是它們仍然配不上是無條件的善，儘管先人是如此稱道這些特質。因為只要沒有一個善的意志的原則，這些特質都可能變成是惡的；一個惡棍的冷靜不但使他更為危險，並且使他在我們的眼裡顯得遠較他沒有這些特質時更為可惡。

　　善的意志之所以為善並非在於其執行或影響，並非在於其適於某些目的的達成，而就在於其意志的原因。亦即，在於它本身是善的，被自身當作是比所有能夠被它所達致的性向，甚至是比一切性向的總和都還要來得高的。即使說可能因為某種運氣上的不利，或者是一種繼母般的儉吝對待，使得這個意志完全缺乏力量來完成其目標，因而只有一個善的意志在（當然，不會只是一個願望而已，而是以我們的力量對於一切手段所作的命令），它仍然會像珠寶一樣因它的光芒而閃耀不已，如同一個自身有其價值的東西。它的有用性或影響力對於它的價值無任何增損。那只是使我們在日常生

活的行事裡較便於駕馭我們的善意志，或讓那些不認識它的
人注意及它的裝置，對於識者並不重要，也不足以決定它的
價值。

為什麼要用理性來領導意志？

然而，光光一個意志，在毫不考慮它的用處的情形下，
竟然就有絕對的價值，這樣的觀念還是有點奇怪。儘管普通
的理性可以完全同意這樣的觀念，我們還是不免懷疑它也許
是過度膨脹幻想下的產物，並且當我們把理性當作意志的統
治者時，我們可能誤解了自然的目的。因此我們接下來要從
這個觀點來檢查這個觀念。

在一個有機物——即一個適於生命目的的存在物——的
身體結構裡，我們認為有一個基本的原則，就是它的器官的
目的都無不同時是最符合於生命目的的。現在有一個具有理
性與意志的存在物，如果它的自然的目的是自我保存，是它
的福利，或一言以蔽之，是它的幸福。那麼自然選擇把理性
放在這個受造物身上以求達到這個目的，可說是一個很差的
安排。因為所有這個受造物要達到這個目的的行動，以及全
部的行為的規則，當然主要是根據本能所下達的；由本能所
能達到的，也當然要比由理性更能達到它的目的。如果理性
也被賦予到此一受造物上，它的功用必然只在冥思它的本性
裡值得慶幸的構造，讚頌它，為此賀喜自己，並為這個恩惠
而懷感謝，而不在使它的欲求順從於這個贏弱而令人迷惑的
領導，使它粗率地干預自然的目的。一言以蔽之，自然必須
避免理性闖進到實踐裡面來起作用，禁止理性以它微弱的洞
見為自己設想一套幸福的計畫以及獲得幸福的手段。自然不

僅自己選取目的，而且自己選取手段，並且兩者均聰明地倚賴於本能。

　　而且在事實上我們也看到，一個文明人越是用理性深思熟慮地設想獲得生活幸福的目的，他就越不能得到真正的滿足。在這個情況下很多人——只要他們夠坦率願意承認的話——就生起了某種程度的厭惡思想，亦即對理性的憎恨。這尤其是發生在那些最經常使用它的人的身上，因為在計算所有他們導出的利益——我不是說那些從享受性的技藝發明裡導出的利益，而是說甚至從科學裡導出的利益（對他們而言這些利益似乎畢竟還只是一種知性的享受利益）——之後，他們發現他們在事實上只是給自己帶來更多的麻煩，而不是幸福；而最終他們對那些只由本能所領導的人的普遍類型感到妒嫉，而非感到輕視；並且再也不讓理性影響他們的行為。這些把理性關於生活的幸福與滿足給予我們利益大加貶抑，甚至把它們降到變成負數的人，他們的判斷，我們必須承認，並不是對統治世界的善不感欣喜或不知感謝，但是在這些判斷的根源處含藏著一個觀念，就是**我們的存在有一個完全不一樣的、遠較它們為高貴的目的，理性的目的正在於它而不是在於幸福**。因此它必須被設想為是最高的條件，其他一切私人的目的碰到它都要被擱置。

　　因為，理性不論就它的對象或就我們（某種程度上甚至是會增生的）欲望的滿足而言，都不足以有足夠的確定性領導我們的意志，到頭來還是要用天生內在的本能才能比較確定地領導我們；然而，既然理性是作為一種實踐的能力存在在我們身上，也就是說，它是會影響我們的意志的。那麼，自然在把這個能力分配出來的時候，不可否認地就使它要能適於自然的目的——它的使命是要去產生一種意志，這種意

志不只在作爲別的事物的手段時是善的而已，而且本身就是善的，因此理性就是絕對必要的。現在，這個意志雖然的確不是唯一的和全部的善，但必然是**最高的善**，是一切其他事物——包括欲望與幸福——的條件。在這個情況下，自然的智慧就沒有什麼不一致的，因爲理性的教養，是作爲第一序的和無條件的目的之必要條件。對於那第二序的和有條件的幸福的獲致，的確在許多方面都會受到干預，至少我們在生活中時常看到。它甚至把後者逼到毫無空間的狀況，而還能合於自然的目的。因爲理性確認一個善的意志的建立乃是它最高的實踐使命，爲了達到這個目的，它只求滿足它自己的那一類的事物，即只求滿足那由它自己所決定的目的，而不管這樣是不是壓抑了其他的性向目的。

道德的第一條命題〔一個行爲如果要有道德上的價值必須出自義務感而爲之〕

那麼我們就要來發展這樣一個意志的觀念，它是因它本身而值得看重，並且無庸再進一步指涉其他事物的善。這樣一種觀念早就存在於我們對自然堅定不移的瞭解裡，現在的工作只是要去澄清它，而不是去教導它。它在我們評估我們的行動的價值時總是被擺在第一位，並且是構成其他一切的條件。爲此，我們接受了**義務**的觀念，這個觀念就包含了善的意志，雖然必須給予某些主觀的限制——但是這些限制不但不會遮蔽它，使它變得不可辨識。反而，它們使它有所對照，更襯托出它的明亮耀眼。

這裡我省略了一切和義務不一致的行爲，儘管這些行爲

可能對某些目的有用；略掉它們的原因，在於它們根本和「起於義務」的問題無關，因爲它們甚至是和義務相衝突的。有些行爲，它們固然和義務一致，但是人們並沒有那方面的直接性向，他們所以那樣做是由於其他一些性向所驅使——這樣的行爲我也把它們排除了。這樣，我們才能區別行爲是起於義務還是起於自私的念頭。當行爲和義務一致，而主體又對它有一直接的性向時，要作這樣的區別特別難。舉例來說，一個賣主不應該對一個缺乏經驗的顧客哄抬價格，這當然是一件有關義務的事；而在一個完全競爭的市場上，謹愼的商人絕不會哄抬價格，而會對每個人都維持一個固定的價格，作到童叟無欺。每個人因此都得到誠實的對待；但這並不表示那個商人是出於義務和誠實的信條在作生意：是利益上的要求使他如此；我們不可能在這個情形下認爲他是想要照顧買者，所以才對他們一視同仁。因此這樣的行爲既非出於義務，也非出於直接的性向，而只是自利上的考量。

　　從另一方面來說，維持一個人自己的生命是一種義務；而且還是每一個人天生直接就有的性向。但正因如此，大部分的人對這個義務所作的計較是沒有什麼內在的價值的，他們的準則也沒有道德的意涵。他們保護他們的生命如同義務所要求，但並不是說他們保護他們的生命是因爲義務所要求。相對地，如果不幸和悲傷把一個人對生命的興趣都取消掉了；但是這個遭遇不幸的人十分堅強，他對他的命運充滿鬥志而不頹喪消沈，他雖繼續他的生命卻對它毫無留戀。換言之，不是起於恐懼，而是起於義務，那麼他的準則是有道德價值的。

　　在行有餘力的時候作慈善的事是一種義務；而且的確有許多充滿憐恤的心靈，它們不是出於高傲或自利的動機，卻

能在他們工作的布施中與滿足別人的匱乏時，所獲得真心的
快樂與喜悅。但是我仍然要說這一類的行為，不管做得如何
正確，不管行為者是如何敦厚真誠，它們仍然沒有真正道德
上的價值，而只能算是人性的一種性向，像是名譽一類的東
西。這些性向如果是正面地有益於大眾，符合於義務，因而
是光榮的，就值得讚許與鼓勵，但並不值得尊敬。因為這個
準則缺乏道德內涵，有道德內涵的行為是起於義務而非起於
性向。假設這個慈善家的心靈被他自己的不幸所掩蓋，他對
別人命運的憐恤已然黯淡，但是他還有餘力嘉惠那些可憐
人，他並不是為他們的困難所動，因為他這時滿腦子只有自
己的困難；我們設想他使自己勉強離開這個麻木不仁的狀
態，他從事慈善行為不再是出自性向，而是出自義務，那麼
他的行為才第一次有了真正的道德上的價值。更且，如果這
個人天生就是比較無情；換言之，雖然他是個正直的人，但
是如果他個性就是比較冷酷，對別人的受苦遭殃不容易動心
——原因可能是這個人天生堅忍剛強，而且他認為別人亦當
如此，這樣的人當然不能說是個天生壞胚子——但是如果宇
宙造化沒有把他塑造成一個天生的慈善家，他就不能在自己
身上找到一個可以使他在價值上遠勝於此的根源嗎？當然可
以！這個根源就是個性上的道德價值之所從出。它是至高
的，沒有其他價值可以與之相比擬，換言之，他的慈善不是
起自性向而是起自義務。

　　確保一個人自身的幸福是一種義務，至少是一種間接的
義務。因為在一種多重憂慮的壓力底下，或者在許多不盡人
意的欲求裡對個人的狀況感到不滿，其結果很容易導致對義
務的違犯。但同樣地，不管義務，每個人對幸福本來就有最
強、最內在的性向，因為正是在這個觀念底下所有的性向才

合成爲一個整體。但是幸福的令式常常會是阻礙某些性向
的，並且一個人並不能把所有可以滿足他的東西集結起來形
成一個確定不渝的幸福概念。這並不表示任何一個單一的性
向，只要它在它所能應允的範圍以及所能滿足的時段都是確
定的，它通常就可以克服這樣一種起伏不定的觀念。舉例來
說，一個得了痛風的病人在經過計算之後，可以選擇享受他
所要的享受而補償他所要受的疾病之苦，因爲至少在這個情
形下他沒有犧牲眼前的享受去換取那可能永遠得不到健康之
福。但即使在這個例子裡，如果對幸福的欲望並不影響他的
意志，並且假設健康在他的計算裡從不是一個必要條件，那
麼這條律則就還發揮著它的作用，就是他應該增進他的幸福
──不出自性向，而出自義務──並且正在這一點上使他的
行爲獲得了眞正的道德的價值。

　　無疑地，正是以這種方式我們才能瞭解《聖經》上的一
些篇章爲什麼命令我們要愛我們的鄰居，甚至我們的仇敵。
因爲愛，作爲一種感情，是不能被命令的，但是爲義務而行
慈善則可以；儘管它不是爲我們的性向所驅使──甚至會爲
天性上不可克服的反感所抗拒。這就是實踐之愛，有別於感
情之愛，它是意志裡面而非感官習性裡面的愛，根據的是行
爲的原則而非憐恤的原則；只有這樣的愛才可以被命令。

道德的第二條命題

　　第二條命題是：起於義務的行爲，其道德價值並非出自
它所要達到的目的，而係出自**決定它的準則**，因而其有無價
值不在行爲的對象有無實現，而係視行爲發生所依據的意志
原則而定，根本不管欲求的對象。由此可以明確地推出：我

們在行為時所懷的目的，或行為的結果作為意志的目標和動機，都不能給予行為任何絕對的或道德的價值。但是如果價值不在意志及意志所要求的結果上，價值從何處來呢？答案是，價值在「意志的原則」上，這個原則與行為所能達到的目的無關。因為意志處於它的先天原則與後天動機之間，就像站在兩條路之間一樣，前者是形式，後者是材料。既然意志必須由某些東西所決定，那麼當它是起於義務時，它當然是由它的形式原則所決定，材料原則是管不到它的。

道德的第三條命題

　　第三條命題是第二條推論出來的結果，我把它表述如下：義務是出自**對法則的敬意**在行為上所表現的**必然性**。我會有對一個對象的性向作為我所作所為的結果，但是我不可能就對它有敬意，因此，它只是意志的一個結果而不是意志的一個**能源**（energy）。同樣地，我不可能對性向有敬意，不管那是我的性向或別人的性向；對於我的性向，我最多只能贊同它；對於別人的性向，我也許甚至會愛那種性向，也就是說，視其為合於我的興趣。但是只有那作為一種原則來與我的意志相連結，而不是作為一種結果來與我的意志相連結——這樣一種與意志相連結的東西對我的性向並無助益，而且是凌駕在它之上，或者至少在面臨抉擇的時候根本是把它排除在考慮之外——這樣一種原則性的東西就是法則，只有它才能成為敬意的對象，因此也才能作為一個命令。現在，一個起於義務的行為必須完全排除性向對它的影響，因此也排除所有意志的對象，使得它除了客觀的法則與主觀上對實踐法則的純粹敬意之外，沒有別的東西能決定它，這就使我

們得到這個律則，就是我要遵守法則，即使它與我所有的性向相違背。

因此一個行為的道德價值不在我們對它所期望的結果，也不在任何需要向這個期望的結果借出其動機的行為原則上。因為全部的結果，儘管它們是合於一個人的狀況，甚至是能促進他人的幸福的，但是都同樣可以因為別的原因而致之，那就不需要有一個理性存有的意志；但正是在這個理性存有的意志上才能看到那至高絕對的善。而至高無上的善──它是唯一的道德──只存在於法則的概念自身裡面，只有理性人才具有這樣的概念。在理性人身上，是它而不是預期的結果在決定意志。這種善早就存在於那些循規蹈矩的人身上，我們馬上就要來看它在他們身上所表現出來的結果。

道德的最高原則：定言令式

但是怎樣一種法則的概念可以決定意志，而毋須顧及它所期望的結果，因而可以稱為**絕對而無條件的善**呢？當我把意志上的所有可能因為遵守法則而產生的衝動去除之後，就只剩下一個普遍的守法性在意志上。只有這個守法性是以一個原則的形式與意志相關，這個原則就是：我的行為絕對同時要可以使我的律則成為一個**普遍法則**。在這裡，用來作為意志的原則的，只是簡單的合法性，並不確定任何可以適用在特定行為之上的特定法則；也只有這個簡單的合法性來作為意志的原則，義務才不會成為一種徒然的空想與荒誕的觀念。人在作實踐判斷的理性是完全與它合致的，而且也總是在這裡所提及的原則之下。舉例來說，如果我問：我是否可以在受困的情況下作一個根本就是會爽約的承諾？這個問題

可以分成兩個意義來談，一個是，作這樣的承諾是否經過深思熟慮？一個是，作這樣的承諾是否正確？前者當然是可以設想的：我可以明顯地看出來，用這樣的一種遁辭實在不足以把我從目前的困境裡拯救出來，因為我要考慮撒這個謊所產生的後遺症是不是會導致比我從它那裡所得到更多更大的不利。並且不管我可以如何狡猾設計，一個我難以預期的結果就是，一旦我的信譽破產，它對我所產生的損害可能是所有我現在所要避免的不幸都無法比擬的。因此我要考慮到比較謹慎的作法是能合於準則，並且把「除非能信守承諾，否則不隨便答應」當作一種習慣。但是很快我就發現，這樣一個律則仍然只是建基在對後來結果的擔心上。真正起於義務的是，和起於對有害結果的瞭解，而作這種承諾完全不一樣的情形。在前一種情形，行為的觀念本身早就蘊含了一條法則要我遵循；在第二種情形，我必須在別的地方先看看什麼樣的結果會尾隨於後影響到我。不遵守義務的原則絕對是惡的；但是不遵守謹慎的準則卻可能反而有利於我，雖然信守它當然比較保險。一個假的承諾是否合於義務？要回答這個問題，一個最簡單但也是絕對不會錯的方法就是問我自己：我是否認為這個律則（用假的承諾使我自己脫困）可以成為一條普遍的法則，既適用於我自己也適用於別人？我可否這樣告訴我自己：「每一個人，當他在困境不得已的時候都可以以虛應人的承諾使自己脫困」？於是我乃恍然悟到雖然我可以說謊，我卻不希望說謊是一條普遍的律則。因為如果這真成為一條律則，這世界上就沒有什麼承諾可言：對於那些不相信我的說法的，我再怎麼說明我的用意也是白費；而如果他們被我騙住了，下次他們也會同樣來騙我。因此我的準則一作成一條普遍的法則必然立刻毀了它自己。

　　因此我不需要什麼高瞻遠矚的洞察力來辨明我應該怎麼做才能符於道德的善。即使我在這個世界上毫無經驗，對於許多偶發事件措手不及，我也只要捫心自問：**你希望你的準則也成為一條普遍的法則嗎？**如若不然，你就應該放棄它，這並不是因為它會對我或別人產生不利的情事，而是因為它作為一個原則不能成為一條可能的普遍法律，而理性要求我對這樣的法律尊敬。我的確不能辨明這個敬意的基礎（那是哲學家所要問的），但是我至少瞭解到，這種價值的估量遠在性向所喜好的一切價值之上，出自對實踐法則純粹的敬意所產生的行為的必然性構成所謂的義務，其他一切動機都必須讓位給它，因為它是一個意志自身作為善的條件，這樣的價值高過一切事物。

　　這樣，毋庸去除共同的人類理性之道德知識，我們已經得到它的原則。儘管一般人都不是以這樣一種抽象和普遍的形式來構思它，但是他們總是保有它，並且以它為他們行事決定的判準……

　　沒有比從例子裡來引出道德更要命的事了。因為每一個到了我們眼前的例子本身都首先必須受到道德原則的檢證，看看它是不是值得作一個根本性的例子——即一個典範——但是它卻絲毫不能提供任何權威性的道德概念。甚至對於福音書上的聖人，我們都先要跟我們道德完美的理想作過比較才承認祂；因此祂談祂自己說：「你為什麼稱（你看得到的）我是善的？除了（你看不到的）上帝以外沒有一個是善（善的典型）的。」（譯註：出自《聖經》路加福音 18：19，譯文依基督教和合版）但是什麼時候我們才有上帝的概念作為最高的善呢？它起於道德完美的觀念，那是理性先天構成的，與自由意志的觀念密不可分。在道德的領域裡，模仿沒

有容身之處，例子只是作爲激勵之用，換言之，它們誠然使法則的命令付諸實踐，使實踐性的規則所表達的更廣泛可見。但是它們必不能使我們因此把在理性那裡的眞正根源置之不理，而只用例子來引導我們。

從上所述，顯然所有道德概念的地位和根源都是先天地在理性裡，甚且是在最普遍的理性裡，正如它們也在最高的思辨裡一樣；所以它們不可能從任何經驗的，而只是偶然的知識裡抽象出來。並且也正是它們根源的純粹性使它們值得作爲我們最高的實踐原則，我們越是在它上面加上經驗的東西，我們就越是減少它們眞正的影響，也越是減少行爲的絕對價值；它不僅從純粹的思辨觀點來看是最大的必然性。對於從純粹理性去獲得這些觀念與法則，對於表現它們純粹無雜染的樣貌，甚至對於決定這個實踐或純粹理性知識的範疇，亦即決定純粹實踐理性的全部能力，都具有最大的實踐上的重要性；並且，當我們這樣認定時，我們必不可使這個原則倚賴於人類理性的特殊性質，即便在思辨哲學可以允許這樣做，有時候甚至是必須這樣做；但是既然道德法則應該是對每一個理性人都有效的，我們一定要使它們出自一個理性存有的一般概念。以此方式，雖然道德在人類上的應用需要人類學，但是在一開始的時候，我們要以純粹的哲學來待它，亦即視它爲一門形上學，完全地在其自身（只有放在這樣涇渭分明的科學裡才好處理）；認識到除非我們擁有它，否則不僅在從事思辨批判時無法決定正確行爲裡的義務之道德元素，也不可能找到道德的眞正原則，即使是爲了一般的實踐目的——尤其是道德的教訓——那就無法產生純粹的道德傾向，並且把它們牢附在人類心靈上，以增進世界上最大可能的善……

定言令式的理性基礎

　　對於這個問題──道德令式如何可能──現在無疑是唯一需要回答的問題，因為它絲毫不是假設性的，它所表現出來的客觀的必然性不能倚賴在任何假設之上，所以**不是假言令式**。在這裡我們絕不可不考慮到，我們不可能從任何例子──換言之也就是從經驗上──去決定是不是有這樣一種令式；反而我們**會擔心所有看似定言的令式可能在根本上是假言令式**。例如下列令式：你不可虛應承諾；這個令式的必然性並不只是一個勸告，叫人免於其他的一些惡，像是：你不可虛應承諾，以免如果此事曝光，你會信譽盡失。而相反地，這一類的行為本身就要被視為是惡，所以對於它的禁令是定言令式；但即使如此，我們在所有例子上仍舊無法確定意志是否純粹由法則所決定，而無其他行為動機在內，儘管表面上看起來是這樣。因為永遠有可能是對於不名譽的考慮，或者是對其他風險的模糊恐懼影響了意志。誰能從經驗上證明一個原因的不存在呢？經驗只告訴我們說我們沒看到它而已。但是在這樣的一個情況下，所謂的道德命令──它顯示為是**定言的**和**絕對的令式**──在實質上只是一個實踐的令式，讓我們注意到我們自己的興趣，教導我們要把它們放到考慮裡。

　　因此我們要研究的是定言令式在先天上的可能性，因為我們在這個情況下並沒有享受到它在經驗裡實質上的好處，所以它的可能性所要的只是解釋而非建立。這裡可以先提出來的就是只有定言令式才具有實踐法則的內涵，其他的令式實際上都只能稱為是意志的原則而非法則，因為那種只在某

些任意的目的下才是必然的事物，都可以視爲在其自身是偶
然的，我們只要願意放棄該目的，就可以不受該令式的拘束；
相反地，絕對的命令不給意志有其他選擇的自由；因此只有
它才具有法則所具有的必然性。

　　其次，在道德的定言令式或法則的情況下，這個（辨識
它的可能性的）困難是很深層的。它是一個先天綜合的實踐
命題；辨識這一類的思辨命題的可能性已經很困難了，我們
可以說實踐命題的難度在與它們相較之下絕不遜色。

定言令式的第一表述：普遍法則

　　對於這個問題，我們首先要問單單定言令式的概念是否
可以提供我們它包含那些可以作爲定言令式命題的表式；因
爲即使我們知道這樣一種絕對命令所要表達的，但是它如何
可能需要更進一步特別而費事的研究，所以我們把它留到最
後一節。

　　當我構思一個假言命題時，在獲得它的條件以前，一般
而言我並不事先知道它包含什麼。但是當我構思一個定言命
題時，我立刻知道它包含什麼。因爲這個命題所包含的除了
法則之外，就只有準則必須符於這個法則的必然性而已。由
於法則不受任何條件所約束，所以在它裡面所剩下的就只有
一個一般性的陳述，說行爲的準則要符於一個普遍法則，而
且就只有這個符合性在這個命令裡是必然的。

　　因此我們只有一個定言令式，就是：**你的行爲要依照那
你同時願意它成爲一個普遍法則的準則。**

　　現在，如果所有的義務令式都可以從這一個令式裡演繹
出來，把這個令式當作它們的原則，那麼，雖然我們還不知

道所謂義務是不是只是一個空洞的觀念，但至少我們已經能夠顯示我們對它的瞭解，以及這個觀念的意義。

那所以能產生眾多結果的法則，其普遍性構成我們一般意義下（關於形式）所謂的自然，也就是由一般法則所決定的事物存在，因此義務的令式可以表述如下：你的行為要做的像是依你的意志行為的準則是要成為自然的普遍法則。

四則例示

我們現在要列舉幾種義務，並依照一般的區別，把它們分為自己的義務與別人的義務，以及完整的義務與不完整的義務。

一、一個人因為一連串的不幸遭遇對人生感到萬念俱灰，但他還保有理性，能夠詢問自己：如果捨棄自己的生命是否有違義務？現在他問他的行為的準則是不是可以成為一個自然的普遍法則，而他的準則是：當生命的存在只是帶來更多的惡而非快樂時，我出於對自己的愛以結束我的生命為一個原則。這等於是問建立在自愛之上的原則，可否成為一個自然的普遍法則。但是我們立刻看到，一個自然系統，如果它一方面有一條法則允許因為感情的關係毀滅生命，另一方面它塑造生命的特殊性質又在於促進生命，那它就自相矛盾了，這樣的準則不可能成為一條自然的普遍法則，因此就不可能完全地與所有義務的最高原則一致。

二、另一個人因故必須向人借錢。他知道他永遠不可能還這筆錢，但是他也明白如果他不能堅定地承諾說他會在某確定期限內還錢，就沒有人會借他錢。他想要作此虛應承諾，但幸虧還保有一點良心，能夠反躬自省：用這種方式脫困是

不是合法、合於義務？假設他決定這樣做了，那麼他的行為的準則就可以如此表述：當我想到我自己缺乏一筆錢時，我就去向人借錢並允諾會還，雖然我知道我絕不可能還。這個自愛或自利的原則也許可以與我整個未來的幸福相一致；但是問題在於，這對嗎？於是我把這個自愛的說法轉換成一個普遍法則，把問題表述如下：如果我的準則是一條普遍法則會怎樣？我立刻看到它絕不可能被當作是自然的普遍法則，否則會自相矛盾。因為它若是一條普遍法則，每個人一旦有需要都可以作這樣後來不履行的承諾，結果承諾就成為無效的東西，而最終來說既然沒有人會認為有什麼東西是可以承諾的，所有這一類的陳述就被視為只是無效的空話而已。

　　三、第三個人發現他自己有些天賦，如果配合以教養上的陶冶，他可以成為在某些方面很有用的人。但是他現在生活過得很好，與其勞心勞力去擴大和增進他的天賦能力，不如好好享受他既有的快樂生活。他自問：他忽視他的自然天賦除了符於他享樂的性格傾向外，是否也符於所謂的義務？他發現自然系統在這樣一個普遍法則下的確還是可以存在下去，像有些人（例如南海的島民）就不太用他們的天賦，而寧願把他們的生命用在閒晃、娛樂與種族的繁衍工作上──一言以蔽之，都是享樂；但是他不可能願意這成為一條自然的普遍法則，或在自然的本性上就只是如此。因為作為一個理性人，他必然希望他的能力得以發展，因為這些能力使他得以達成各種可能的目的。

　　四、第四個人是個有錢人，他看到別人必須與貧窮奮鬥而他可以幫助他們，就想到：那跟我有什麼關係？上天要他們怎樣，或是他們自己把自己弄成怎樣，都應順其自然；我對他們不偷不搶，也不嫉妒，我只是不願對他們的福禍有所

影響，把他們從困難中解救出來。誠然，如果這一類的想法成爲一條普遍法則，人類還是可以很好地存在下去，甚至會存在得比一種人人高談憐恤與善意，並且有時候還眞的身體力行，但是也會欺騙人、違背人權或甚至侵犯他們的狀態要好。但儘管自然的普遍法則可以和這樣的準則一致，我們不可能願意這樣一種原則具有自然法則的普遍有效性。因爲作這樣決定的意志會自相矛盾，就像在很多的情況下人會需要別人的愛與同情，到那時候，依據這樣出自他自己意志的自然法則，會把他所能得到幫助的一切希望都剝奪掉了。

在許多實際的義務裏，有一些明顯地屬於我們所訂定的一個原則的兩類。我們必須能夠願意把我們的行爲的準則作成一個普遍法則。這是在道德上對行爲作判斷的一個一般性的規準。某些行爲的性質使它們的準則在被視爲自然的普遍法則時不能沒有矛盾，更不用說我們可能會願意它成爲普遍法則了。另外一些行爲找不到這種內在的不可能性，但是我們仍然不可能會願意它們的準則可以提升到具有自然法則的普遍性，因爲這樣的意願本身會自相矛盾。這樣，我們很容易就看得出來，前者違反了嚴格的（不可易的）義務；而後者只是違反了寬鬆的（有益處的）義務。這樣我們就以這幾個例子顯示了所有同一原則，但因性質（而非行爲對象）不同而有別的義務……。

定言令式的第二表述：人性作爲它自身的目的

現在我要說的是：人類及所有的理性存有的存在都以自身爲目的，不能僅僅作爲此一意志或彼一意志所要任意使用的工具而已；相反地，他們的任何行爲，無論關於自己或關

於其他的理性存有，都必須總是同時被視爲是**目的**。一切性
向的對象都只有條件性的價值；因爲只要建立在這些對象之
上的性向和欲求不存在，它們就了無價值。作爲欲求根源的
性向本身，其可欲性之不具有絕對價值甚且到樣一個程度，
就是每一個理性存有普遍地希望能徹底脫離性向。因此，任
何我們的行爲所要得到的對象，其價值都是有條件性的。那
些存在不倚賴我們，而倚賴自然的意志之存有，如果它們是
非理性的存有，就只具有相對性的價值，像工具一般。因此
稱之爲「物」；另一方面，理性的存有則稱爲「人」，因爲他
們的天性指出他們自身就是目的。換言之，他們不可以被用
來當作是工具，以至於限制了他們行爲的自由（並且他們還
是尊敬的對象）。他們不只是具主觀的目的，也就是說他們的
存在作爲我們行爲的結果不只對我們具有價值而已；而且他
們也具有客觀的目的，亦即他們的存在就是目的自身：不但
是目的而已，而且沒有其他的東西可以取代。它們最多只能
作爲他們的工具，因爲要不是如此，他們就不能說有絕對價
值；但是如果所有的價值都是條件性的，因而都是偶然的，
那就沒有最高的理性實踐原則可言。

　　如果有最高的實踐原則，或說如果有人類意志的定言令
式，那一定是得自於一個對每一個人而言，都必然是目的的
概念，因爲它自身就是目的。構成意志的一個客觀原則，因
此可以作爲一個普遍的實踐法則。這個原則的基礎是：理性
天性存在爲自身之目的。只要這是人類行爲的一個主觀原
則，人必然構想他自己的存在是這樣的。但是每一個理性存
有都在和我相同的理性原則上設想它的存在，所以這也是一
個客觀的原則，它可以作爲最高的實踐法則，所有意志的法
則必然都可以從它導出。這樣，這個實踐令式就可以如下表

述：對於你待人的行為，不論是待你自己或待別人，在任何情況下都要把他當作一個是目的，而不能只當作是一個工具……

……現在回頭去看看過去尋找道德原則的嘗試，我們就不會奇怪為什麼他們都失敗了。他們看到人是受義務所拘束要遵守法則，但是他們沒看到那屬於人所要遵守的法則是他自己給予自己，但同時它們卻又是普遍的，而他只要與其意志一致地行為即可；但是這一個意志卻是自然所設計要給予普遍法則的意志。當有人把人類設想為屬於某一種（不管是哪一種）法則，這個法則就需要有相當的利害之處──不管是用利益的方式還是強制的方式，因為這種法則並不是起於他自己意志的法則，而是經由別的東西的迫使而為一定行為的法則。以這種方式來找最高的義務原則必然徒勞無功，因為他們得到的絕不是義務，而只是從某種利害而來的行為的必然性。不管這種利正是私人的或其他的，這個命令一定都是條件性的，因此不可能作為一種道德命令。我因此要稱之為意志的**自律**（Autonomy）原則，以與其他屬之為**他律**（Heteronomy）者相對照。

目的王國

每一個理性存有，必然把自己的意志的所有準則給出來作為普遍法則，以此觀點來判斷它自己以及它的行為──這樣的概念導出另一個極其豐富的概念，即**目的王國**（kingdom of ends）。

我把**王國**（kingdom）理解為一個共同法則系統下不同的理性存有者的集合。現在，既然是法則決定目的的普遍有

效性，如果我們把理性存有者個別的差異抽掉，再以同樣的方式把他們私人的目的內容抽掉，我們就可以設想所有的目的連結爲一個系統性的整體（包含以理性存有者自身爲目的，以及每一個別者以其自身爲特殊目的），也就是說，我們可以構想一個目的王國，它立基在上述原則上是可能的。

對於在這個法則之下的所有理性存有者而言，他們每一個人都必須不把自己和別人當作只是工具，而必須在所有的情況下待之如同他們自身就是目的。這就產生了一個在共同客觀法則之下的理性存有者的系統性集合，也就是一個稱爲目的王國的國度，既然這些法則所規範的是這些存有者彼此互爲目的工具的關係……

＊本文譯自《道德形上學之基礎》（*The Foundations of the Metaphysic of Morals*）(1873)，tr. by T.K. Abbott.

焦點議題

1. 你是否同意康德說唯一無條件的善是善的意志？康德這樣說是什麼意思？你能不能想出一些與他的說法相反的例子？

2. 比較康德的定言令式與**金科玉律**(Golden Rule)：「行爲施諸他人以你所願他人之施諸於你者。」

3. 康德的倫理學有時候被批評爲不曾爲感情留下一席之地，因而過於嚴苛。據這個批評所說，康德並不允許我們在作決定時動用性向或感情。更且，所有的道德原則不管結果怎樣，都是不可踰越的絕對原則。你同意這些批評嗎？

4. 康德的倫理學也被批評爲太寬廣。他們說定言令式只是**可普遍化**(universalizability)法則的一種誇張的表達；也就是說，只要你能允許其他人做的，你就可以做。例如阿將喜愛繪畫，他嗜畫嗜到可以拋妻棄子，自己搬到野地裏畫畫畫到死。阿將宣稱依照康德的原則，他拋棄家庭是正當的，因爲他也願意每一個人都這樣做。這樣的詮釋對康德是否公平？

② 效益主義*

John Stuart Mill 原著　　陳瑞麟　譯

彌爾(John Stuart Mill, 1806-1873)，是十九世紀的大哲學家，出生在倫敦且受教於他的父親。他在三歲時學希臘文，八歲時學拉丁文。十四歲以前，他在家中接受了透徹的古典教育。十七歲時，開始受雇於東印度公司(East India Company)，最後成爲這家公司的經理。他在 1865 年獲選爲國會議員。做爲一位有著**自由觀念**(liberal ideas)和洞察心靈的人，他在邏輯、科學哲學、宗教哲學、政治理論和倫理學上做了重要的貢獻。他的基本作品是《邏輯系統》(*A System of Logic,* 1843)、《效益主義》(*Utilitarianism,* 1863)、《論自由》(*On Liberty,* 1859)及《女人的附屬性》(*The Subjection of Women,* 1869)。

彌爾防衛**效益主義**，**目的論倫理學**(teleologist ethics)的一種形式，反對多數規則受限於**義務論**(deontological)的系統，即我們在上篇選文中所考察

的那種康德的**定言令式**。

　　傳統上，兩個主要類型的倫理系統已統領了這個領域。在義務論的倫理學中，價值的焦點是行爲或行爲的類別，而在**目的論**(teleological)（來自希臘文 teleos，亦即「**目的**(end)」或「**目標**(goal)」）形式的倫理學，價值焦點是行爲的**成果**(outcome)或**結果**(consequences)。

　　對目的論者而言，對和錯的行動標準乃是諸可行的行動之比較上的結果。對的行動將產生最好的結果。而義務論者所關切的只是行動自身的正確性，目的論者則斷言並不存在一個懷有內在價值的行動。對義務論者而言，關於說謊，含有本質上壞的東西，對目的論者而言，說謊唯一的錯是因爲它產生了壞的結果。如果你能合理地算出說謊將稍稍地好過說實話時，則你有義務說謊。

　　本文是彌爾寫來反對邊沁(Jeremy Bentham)的效益主義之**快樂主義**(hedonistic，來自希臘文 hedon，意指「**快樂**(pleasure)」)版本，快樂主義不能區分快樂的種類和品質上的不同，而受到了**豬的哲學**(pig philosophy)之譏。彌爾以一個更複雜的快樂理論來代替邊沁未加分別的快樂，從而回應這個指控。

效益主義是什麼

效益(Utility)，或者**最大的幸福原則**(The Greatest Happiness Principle)，這個條款被接受爲道德基礎，主張人們的行動是**對的**(right)一致於他們傾向去促進幸福，當他們傾向於產生不幸福時，行爲就錯了。幸福被意想爲**快樂**(pleasure)與沒有痛苦；不幸福則被意想爲痛苦和缺乏快樂。由這理論所設立的道德標準，提出了一個清楚的觀點，但我們需要說得更多；特別是，包括在痛苦和快樂觀念中的東西；而且在某個範圍內，這留下了一個開放的問題。但這些補充說明並不會影響奠基在這個道德理論上的生命理論——亦即，快樂和免於痛苦的自由，是唯一可作爲目的的可欲事物；以致所有可欲的事物（它們在任何其它構想和在效益主義的構想中同樣地有很多）要不是作爲本身就內具快樂而可欲想，就是做爲促進快樂和避免痛苦的工具而可欲想。

現在，如此一生命理論在很多心靈中——在最值得尊敬當中的一些心靈，在情感和目標上——引發了根深蒂固的惡感。假設生命沒有比快樂更高的目的（如同他們所表達的）——沒有更好和更高尚的欲望與追求對象——他們指快樂爲全然地工具性和奴隸性，只是一個值得豬追求的學說，他們在很早很早的時期被輕蔑地擬喻爲伊比鳩魯(Epicurus)的追隨者；而且這學說的現在支持者偶而也被它的德國、法國和英國攻擊者作了同樣不客氣的比較。

當受到如此攻擊時，伊比鳩魯主義者總是答道，不是他們而是他們的控訴者在一墮落的眼光中表現了人類本性；因爲這樣的控訴假設了人類除了追求豬的那種快樂之外，再沒

能力去追求其它的快樂。如果這個假設是真的，指控不能被否認，但將不再是一項定咎；因為如果快樂的來源對人類和對豬而言都相同，對一個人而言夠好的生命規則對其他人也一樣夠好。伊比鳩魯式的生命比諸野獸的生命被覺得像是墮落的，正是因為野獸的快樂並不能滿足人類的幸福概念。比起動物的嗜欲，人類有更多的能力提升自己，而且當意識到這些能力時，他不會把任何不能包括**喜悅滿足感**(gratification)的東西視為幸福。的確，在從效益原則引出伊比鳩魯主義者的結論架構時，無論如何我並不視他們都是無能為力的。以任何充分的方式做這一點考慮時，很多**斯多亞派**(Stoic)，連同基督宗教的元素必須被包括進來。但並沒有哪一個著名的伊比鳩魯式的生命理論不涉及理智的快樂、感情和想像的快樂、道德情感的快樂及很多比起純感官有更高價值的快樂等。可是，必須承認，一般而言支持效益主義的作家把心靈快樂的優越性置於肉體之上，主要在於更持久、安全、不花代價等等，也就是說，前者的快樂之優點並不是在於他們的天生本性上，而是在周邊的好處。在所有的要點上，效益主義者已完滿地證明了他們的情況；但他們可能完全一致地採取其它（如它可能被稱作）更高的理由。承認某些種快樂，比其它的更為可欲，也更有價值這個事實，相當可容於效益原則。而在估計所有其它的事物中，品質被視為和量一樣好，快樂的估計被假設為單單依賴於量——這將是荒謬的。

　　如果我被問及，說不同品質的快樂時我意指什麼？使一快樂比另一快樂更有價值——純作為快樂，除了在量上比較大之外——又是什麼？只有一個答案。兩快樂間，如果有一個讓有經驗過兩者的所有人或幾乎所有人都會偏愛它時，而

不是任何個別人偏愛的道德義務情感時，那就是更可欲的快樂。如果兩者之一，被那些勝任於熟悉兩者的人，放在遠遠超過他們較喜歡的另一個之上時，即使知道它會伴隨著較大量的不滿意，仍不將因其它的快樂在其本性上能夠達到的任何量上而放棄它，我們在賦予品質上的優越性給這較好的享樂便有正當的理由。

　　現在那些同樣熟悉而且同樣能鑑識且享受兩者的人，的確給予那些要應用他們較高能力的存在方式一個最顯著的偏好，是個毫無疑問的事實。很少為人的生物會為了最充分的野獸式快樂的容許度而同意改變成任何較低等的動物；沒有一個有智能的人會同意成為一愚人，沒有受過教育的人會是個白丁，也沒有有情感和良知的人格會是自私和卑鄙，即使他們將被勸說愚人、劣等生、惡棍從他的命運中所得到的滿足，比起他們從他們的命運中得到滿足要容易得多。他們不會為了他們和愚人共同都有的所有欲望之最完全的滿足，而放棄他們所擁有且多過於愚人的東西。如果他們曾經想像過如此，只是因為在極端不快樂的情形下，他們想逃開它而想把他們的命運改變成任何其它不同的命運，可是在他們自己的眼中仍是不可欲的。一個更高能力的存有者需要更多以使他快樂，大概也能受到更敏銳的苦，而且比起較低劣的類型，的確可以在更多方面上達到它。但儘管這些容易性，他從不真正希望墮入他感到是較低等級的存在型態。我們可以為我們這種「**不願**（unwillingness）」提出一些說明；我們可以把它歸屬給**驕傲**（pride），一個對於大部分或至少值得尊重的人類情感而言，是其中之一，而且是難以分辨的名字；我們也可以指稱那「不願」為自由和人格獨立之愛——它們是一個訴求，針對那帶著斯多亞色彩（禁欲色彩）、而且對於那「不

願」的培養而言，是最有效率的手段之一。該「不願」也可以被指稱爲**力量之愛**(the love of power)，或者**發奮圖強之愛**(the love of excitement)，這兩者眞正都涉及它而且促進它：但那「不願」的最適當稱號是**一種尊嚴感**(a sense of dignity)，所有的人類都在一種形式或另種形式上擁有它，而且在某些人當中，和他們的較高能力成正比，雖然一點也不是很精確地。而且尊嚴感是某些人幸福中必要的一部分，在那些人的心中，當尊嚴感很強時，和它衝突的東西，除了暫痛時刻外，沒有一個會是他們所欲求的對象。任何假設這個偏愛發生在犧牲幸福之上者──即較優越的存有者。在任何像同等環境的事物中，並不比較低劣的存有者更幸福──混淆了兩個相當不同的觀念，幸福和滿意的觀念。享受能力低的存有者，有較大的機會使他們完全滿足，這是無需爭論的；而一個天賦高的存有者總是會感到他所能期待的任何幸福。但他能學會忍受它的各種不完備，如果這諸多不完備都是可忍受的話；而且諸不完備也不會使他嫉妒那些眞的意識不到不完備的存有者，只因該存有者一點也不會感到那不完備所形成的好處。當一個不滿足的人比當一隻滿足的豬要好；當一個不滿足的蘇格拉底比當一個滿足的愚人要好。而且如果愚人或豬對此有不同意見，是因爲他們只知道問題中屬於他們自己的那一面。比較起來，另一邊的則知道問題的兩面。

　　有人可能會反對說，很多有能力享受較高級快樂的人，偶而在誘惑的影響下，擱置了較高級的快樂而就較低級的快樂。但這相當可容於對較高能力者本質上的優越性所做的完全鑑識，由於性格上的不穩定，人們通常選擇較鄰近易得的好處，雖然他們知道那比較沒價値；這情況在兩項肉體上的快樂之間的選擇，和肉體及心靈之間快樂的選擇，並沒有什

麼不同。他們追求感官放縱以致傷害健康，雖然完全瞭解健康是較大的善。有人可能也會進一步反對說，很多人在年輕時狂熱地追求每一樣高尚的事物，多年以後卻墮入懶惰和自私當中。但我不相信那些遭遇這非常普遍的變化的人，在偏愛較高級快樂當中會自願地選擇那較低種類的快樂。我相信以前他們專心致志於唯一一個，現在已經變得對其他的快樂無能為力了。追求較高尚的情感之能力，本性上是一顆非常纖弱的樹苗，很容易被扼殺，不只是因為有害的影響，而是由於滋養的缺乏；對大部分的年輕人來說，如果他們一生所專心從事的職業和他們所投入的社會，並不利於保持那較高能力的持續運作，它就會快速地死亡消失。人們如同失去他們理智品味般地失去了他們高度的熱望，因為他們沒有時間和機會享受它們；而他們使自己耽溺於較劣等的快樂，並不是因為他們深思熟慮後偏愛之，而是因那較低等的快樂。要不是他們已接近的僅有幾個，就是他們以後能夠享受的僅有幾個。在所有時代中，雖然很多人已經毀滅了結合兩者的無效企圖，然而是否仍有任何對這兩類快樂保持同等懷疑的人，曾經明白且冷靜地偏愛較低者，可能是個疑問。

　　從這個唯一具競爭性的判斷之裁決來看，我想可能沒有吸引力。兩種快樂中那一個是最值得有的，或者兩種存在模式中那一個能讓情感最舒適，這個問題除開它的道德屬性和結果之外，那些由兩種知識所描述的人的判斷，或者，不管它們是否不同，在他們之間多數人的判斷，必定被承認為最後的判斷。接受這個有關快樂品質的判斷不需有太多猶豫，因為，甚至在量的問題上也沒有其他評判能夠參考。決定兩種痛苦中哪一種最敏銳，或者兩種快樂感覺中哪一種強度最大，除了那些熟悉兩者的一般相同意見之外，還意謂著什麼？

痛苦和快樂都不是同質的，而且痛苦總是和快樂異質。去決
定是否一個特別的快樂值得以特別痛苦的代價來交易，除了
那已經驗者的判斷和感情之外，還會有什麼？因此，當那些
情感和判斷宣稱從較高能力引導出來的快樂，除開強度的問
題，在種類上較優於動物本性的快樂──它和較高能力分離
開來──是可疑的時候，它們在這個主題下都有資格受到相
同的關切。

我已評論了這一點，它做為一個完全的效益或幸福的正
義概念──被視為人類行為的引導規則──之必要的一部
分。但對於效益標準的接受而言，它一點也不是一個不可或
缺的條件；因為標準並不是行為人自己最大的幸福，而是所
有人一起的最大量之幸福；並且就算一個高尚的人物總是因
它的高尚而較幸福，這個說法有可能受到懷疑；但它使其他
人們較幸福，以及這個世界一般而言將由於它而有收穫，就
比較不會產生懷疑。因此，效益主義只能由普遍培養高尚的
性格來達到它的目的，即使每一個個人只是由於其他人的高
尚而受益，在關涉幸福所及的範圍內，他自己的幸福也是全
然從福利中推導出來的。

根據如上文所說明的最大幸福原則，終極的目的──其
指涉了所有可欲的事物而且為了它們的緣故（不管我們是否
考慮我們自己的善或者其他人們的善）──是一個盡可能來
自痛苦，而且在享受上也盡可能地豐富的存在範例，在質和
量兩方面都一樣；質的測試以及衡量它相對的量之規則
──被那些在他們的經驗之機會中所感受到的偏好，且他們
自我意識和自我觀察的習慣必定增添了那經驗──是由比較
的手段而最優良地被完成的。根據效益主義者的意見、這是
人類行動的目的，也必然是道德的標準；道德可以據此而定

義，對於人類行為的規則和訓條，由於一個存在本身的觀察，在最大可能的範圍內，已被描述為可以適於所有人類；而且不只是他們，而是在事物本性許可的限度內，適於一切有知覺的生物。

效益主義的反對者，不能總是被指控以一個不可信賴的眼光來表現它。相反地，在他們之間的那些樂於道說像無利害特性的**正義觀念**(just idea)的人，有時發現缺點，是由於它對人性的標準太高。他們說，要求人們總是從促進社會的普遍利益之動機而行事，正是太過了。但，把道德標準的意義和由它之動機而行動的規則混淆，乃是一個錯誤。倫理學的事務是告訴我們：什麼是我們的責任，或者由什麼試驗，我們可以知道它們；沒有一個倫理系統需要我們都該有責任／情感這樣的動機；相反地，我們行為當中的百分之九十九來自於其他動機，如果做了正確的事，縱使責任的規則也不會譴責那些動機。比起應該成為反對效益主義基礎的誤解，它對效益主義而言更不公平，因為效益主義的道德學家在肯定動機無關於行為的道德性上，已是在幾乎超出所有其他人之前，雖然動機非常有關於行為人。把一個瀕臨溺水的人救起來是做了道德上對的事情，不管他的動機是責任，或者因麻煩而受罪的希望；背叛信賴他的朋友的人是犯了罪行，即使他的目的是去服務另一個他負有較大義務的朋友。但只說及從責任的動機而做的行為，並且直接遵循原則：這是效益主義思考模式的一個誤解，把它設想為蘊涵了人們應該在如世界或社會如此廣大的一般性中固定他們的心靈。最主要的善的行為並不是為了世界的福利而被臆想，而是為了個人的福利，世界的善是由個人的福利而造成的；而且大部分有德行的人之思想，在這些場合時，不需超出所關切的特

殊個人之外，除了在限度內必然對他保證造福他們當中，他
並未違犯任何其他人的權利，也就是，合法且權威的期望。
根據效益主義倫理學，快樂的多元性是德性的目的：任何有
德行的人（除了千中之一人外）在各場合中均用他的能力，
以擴大的規模來做這事。換句話，去當一個慈善家，只是例
外的；然後在一些場合中，他被要求考慮公眾的效益；在每
一個不同的情況下，則考慮私人的效益，某些少數人的利益
或幸福──所有情況都是他必須注意的。那些行動的影響擴
及一般社會人士，需要習慣性地使自己關切如此大的對象。
在**禁戒**(abstinences)的情況──人們從道德考察中禁止去
做的事，雖然在特別的情況下，可能會有益的結果──值得
有理智的行爲人，有意識地認淸該行爲是這樣一類行爲
──如果普遍實行的話，一般而言是有害的──而且這是禁
止它的義務根基。顧及公共利益的總量蘊涵在這個認知當
中，它並不比每一個道德系統所要求的更大，因爲它們都囑
咐必須禁止那明顯有害社會的任何事物……。

效益原則的那一種證明是可行的

　　已經有人評論過，終極目的問題，並不能夠**證明**(proof)
──在通常「證明」這個詞爲人所接受的意思下。不能由推
理來證明共通於所有的第一原則；以及共通於我們知識的第
一前提，連同我們行爲的第一前提。但前者，是事實，可能
是直接訴諸於事實判斷能力的主題──亦即，我們的感官和
我們的內在意識。在實踐目的的問題上，能訴諸於相同的能
力嗎？或者是由其它掌握它們的認識能力？
　　關於目的的問題，用其他的話來說，是有關什麼東西是

可欲的問題。效益主義的學說是幸福是可欲求的，而且是做
為目的而唯一可欲求的東西；所有其他的東西是做為達到此
目的的工具而可欲求。應該被這個學說所需求的東西──凡
使這個學說完滿所必要的條件──即使它的主張為人所相信
的東西是什麼？

　　唯一能提出證明的對象是可見的，是人們實際上看到它
的。一個聲音的唯一證明是可聽到，是人們聽到了它：我們
經驗的其他來源莫不如此。在同樣的方式中，我瞭解到，可
能產生任何可欲事物的獨一證據是，人們都實際地想要它。
如果效益主義的學說，在理論和實踐上，為自己所提出來的
目的並不被承認為一個目的，則沒有什麼東西能說服別人說
它是對的。除了相信幸福是可達成的每一個人，欲求著他自
己的幸福，否則沒有理由能回答什麼樣的普遍幸福是可欲
的。可是，這是一個事實，我們不是只有承認這個事實的一
切證明，還需要一切幸福是好事的證明：每一個人的幸福對
他而言是好的、且是普遍的幸福，因而對所有人的整體也是
好的。幸福已展示它的目標為行為目的之一，因而是道德判
準之一。

　　但它不是單獨地由這一點來證明自己是唯一判準。要這
麼做，似乎由相同的規則，必須展示不僅人們想要幸福，而
且他們從不想要其他的東西……

　　那麼，我們現在已對效益主義原則的哪一種證明是可行
的這個問題，有了答案。如果我現在已敍述的意見是一個心
理學的真理──如果人的本性是如此構成，以致除了幸福的
一分子或幸福的工具之外，再也不想要什麼，則我們能夠沒
有其它的證明，而且我們不需要其他的可欲的事物，因為這
些是僅有的可欲事物。倘若如此，幸福是人類行為的唯一目

的，促進它是判斷人類行為的檢驗標準；從這兒必然引導出它是道德的判準，因為部分被包括在整體之內。

　　現在，若要決定是否真的如此，是否人類真地除了對他們而言是快樂的事物或者沒有痛苦之外不再想要什麼；我們顯然已達到一事實和經驗的問題，像一切類似的問題，依賴於證據。它只能由實踐的自我意識和自我觀察來決定，由其他人的觀察當輔助。我相信這些證據的來源——不偏不倚地諮詢——將會宣稱想要一件事並發現它的樂趣、厭惡一件事並認為它是痛苦的，乃是整個不可分離的現象，或者是相同現象的兩個部分；用嚴格的語言來說，是相同的心理事實之兩個不同的命名模式：亦即認為一對象是可欲求的（除非為了它的結果之故），而且認為它是快樂的，是一且相同的事；而想要的任何事，除了相容於它是快樂的觀念之外，都是生理和形上地不可能。

　　＊本文選譯自《效益主義》（*Utilitarianism*, 1861），第二章和第四章。

焦點議題

1. 效益主義有時被稱作「豬的哲學」，因為它強調快樂的量做為道德正確性的唯一判準。如它所主張的，如果快樂是我們渴求的一切，為什麼我們應該為了優秀且複雜的成就而奮鬥呢？它們通常不正是會招來受苦嗎？彌爾如何答覆如此的指控？

2. 根據彌爾，幸福的定義是什麼？你同意嗎？說明之。

3. 想像下列處境：在一個有種族張力的小城鎮中，一名黑人婦女被強姦致死。在她死前，她告訴一群朋友，是一個中年白人強姦且攻擊她。隨後她死了。她是上個月後第三個被強姦致死的黑人婦女。暴動突然發生，黑人社群群起抗議社群權益受損。不久後，黑人和白人互相殘殺。你是城鎮市長，而且知道如果有人因強姦謀殺而受懲罰，暴動將會平息。你能誣陷一個無家可歸、失業的中年白人犯了此罪。你相當確信沒有人會發現你誣陷他。你應該做這件事嗎？一個效益主義應該做這件事嗎？

4. 義務論和效益主義大體上的優點和缺點是什麼？

③ 契約式的倫理*

Thomas Hobbes 原著　　魏德驥　譯

　　霍布斯(Thomas Hobbes, 1588-1679)是偉大的
英國政治哲學家。他爲道德與政治出自於社會契約
的觀念提供了古典的陳述。當西班牙無敵艦隊逼近
時，他出生於葛羅賽司特夏(Gloucestershire)，是個
牧師的兒子。他在牛津大學受敎育，以學者和導師
（英王查理二世的導師）的身份度過了一個政治革
命的時代。他旅遊過很多地方而且和當時大多數的
明星知識份子有聯絡，包括歐陸的〔伽利略
(Galileo)、加桑地(Gassendi)、和笛卡兒(Descar-
tes)〕，和英國的〔培根(Francis Bacon)、強生(Ben
Jonson)、和哈維(William Harvey)〕，被認爲是一位
有才氣的知識份子，不過有點非正統而好爭議。
　　霍布斯的政治理論大作是《利維坦》（巨靈，
Leviathan, 1651），一本因爲爭議性的觀念而在當
時被禁的書。在我們選文的這本書中，他發展了一
個基於**心理自我主義**(psychological egoism)的道德

與政治理論。霍氏認爲我們永遠爲了我們自身的自我利益行動，取得滿足而避免受害。然而，我們無法取得任何基本的好處，肇因於無規律的「自然狀態」中內在的恐懼不安，在其中生命是「孤獨、窮困、污穢、野蠻、和短促的。」由於這種「人與人的戰爭」，我們無法放鬆戒備。很少有時間去建設或種地或享受生活，因爲我們的鄰居可能正在打算毀滅我們。在這種無政府狀態下，謹慎的人推論出，訂立契約以維持尊重人命、遵守合約、和服從社會法律的最低限度道德，是眞正合乎每個人的自我利益的。這個最低限度的道德，霍氏稱之爲「自然法則」者，不過是一組謹慎準則。爲了確保我們都會遵守契約，霍氏倡議一個強有力的主權國家——利維坦——以嚴刑加之於違法者，因爲「沒有劍的契約形同具文」。

論有關人類幸與不幸的自然狀態

人生性平等

　　自然在人的身心能力上把他們造得如此平等；即使有人有時候明顯地在身體上比另一個人強壯或者心智更機靈；但是把全部的條件估計在內，人與人之間的差異沒有大到一個人可以要求任何其他人所不能要求的利益這種地步。就身體的力量而言，最弱的人有足夠的力量殺死最強的人，或者是藉由密謀，或者是和與他一樣危險的人結盟。

　　至於就心智的機能而言，且不論奠基於文字上的技藝，尤其是那遵循普遍無誤的規律的巧藝，所謂的科學；科學很少人具有，也只存在於很少的事物中；不是種天生的機能，我們與生俱來的機能；也不論那些得來的機能，比如謹慎，假使我們在找別的機能，但是我仍然發現一種比力量更強的人類平等。因為謹慎，不過是種經驗；同樣的時間平等地賦予所有的人，運用到他們同樣地應對的事情上。那可能使這種平等變為不可思議的，不過是個人才智的無謂自欺，幾乎人人都以為自己的才智比凡人勝過許多；也就是說，勝過所有的人，除了他們自己，和少數其他的人。這其他的人或者是因為名氣，或者是因為那自認為聰明的人要與他們並駕齊驅，而受到肯定。這就是人性，不管人是否承認有許多別的人比他更聰明、口才更好，或者更有學問；他們反而更不相信有許多人和他們一樣聰明；因為他的聰明就在眼前，而別人的卻在眼外。但是這正好證明了人在那一點上是平等而非不平等的。因為通常沒有什麼顯示東西被平均分配的記號，

會比每個人都滿意他所分的那一份更明顯了。

從平等發生恐懼

　　從這種能力上的平等，產生了要達到我們目的之希望的平等。所以如果有兩個人欲求同一件事，卻無法同時享有，他們就成了敵人；在達到目的的路上他們如此努力摧毀或征服對方，這目的主要是自我保存，有時也不過是享受而已。由此發生了這件事：侵略者沒什麼好怕的，除了另一個人自己的力量以外；如果有一個人播種、建設，或者有張舒服的椅子，其他的人也許就想要搶他，不僅剝奪他勞動的果實，也剝奪他的生命或自由。而侵略者也遭受其他人對他的同樣威脅。

從恐懼發生戰爭

　　沒有任何人有合理的辦法免於這種彼此的恐懼，除了預謀以外；也就是，藉由武力，或陰謀，以盡可能地控制所有的人，直到他發覺沒有別的力量大到足以威脅他：這不過是他要自保所要求的，通常也是被容許的。也因為有些人，以欣賞自己征服的力量為樂，追求的超過安全的要求；如果其他人，絕不會樂於侷限在小小範圍裡的安逸，若不藉著侵略以增加自己的權力，就不能夠只依靠防禦，而長久持存。結果，增加對於人的宰制對他的自保而言是必然的，應該容許他如此。

　　再者，在沒有力量使其他所有的人敬畏他的情形下，和人成群沒有什麼樂趣，相反地非常痛苦。因為人人都渴望他的同伴以他自己對自己重視的程度去評價他：對於任何輕蔑、鄙視的信號，在他膽敢冒險的範圍內（在沒有共同的力

量使大家住口之處，人是很有足夠的力量互相摧毀的），會自然地以傷害向輕蔑他的人討回更大的價值；循例，也會向別人硬討。

所以，在人性中，我們發現了爭鬥的三個主要原因。第一，競爭；第二，恐懼；第三，榮譽。

第一者人為利益而侵略；第二者使人為安全而侵略；而第三者使人為名望而侵略。第一者使用暴力，使自己成為其他人之人身、妻子、兒女及牲口的主宰；第二者使用暴力，保衛這些東西；第三者使用暴力，為了芝麻小事，比如一句話，一個笑臉，一個不同的選擇，和其他蔑視的記號，或者是直接加諸第三者本身，或者是反映到他的親戚、朋友，國族、職業、或者名字上。

由平民狀態一定會發生人與人的戰爭

因此而很明白的是，在沒有共同的力量使所有的人都遵從的時候，他們就在所謂戰爭的狀態中；這樣的戰爭是每個人的戰爭，反對每個人。因為戰爭不僅僅由戰鬥或者交戰行動所組成；而是建構在時間的園地上，在其中，以戰鬥來競爭的意志已經夠出名了：所以，「時間」的觀念要放在戰爭的本性中考驗；就如同它要放在氣候的本性中考慮一樣。因為，正如壞天氣的本性並不在於一兩場的豪雨；而是在於接下來還要再下許多天雨的傾向：所以戰爭的本性，並不在於實際的戰鬥；而是在於已知的傾向，不能擔保在所有其他的時間裏也都有「和平」。

這種戰爭的問題和缺點

不管因此而在人人相互為敵的戰時發生了什麼事；在人

除了本身的力量和創作所提供的安全感之外，沒有任何其他的依恃時，同樣的事也會發生。在這種情形下，勤奮毫無用處；因爲努力的果實並不確定：結果大地上無人耕作；沒有航海，也沒有使用可以從海上進口的貨物；沒有寬大的房舍；沒有交通和遷移的工具，因爲這些工具需要很大的力量；沒有對地球表面的知識；沒有時間的計算；沒有技藝；沒有文字；沒有社會；最糟糕的是，持續的恐懼，和暴力死亡的恐懼；人的生活、孤獨、貧窮、污穢、野蠻、短促。

有些人也許會覺得奇怪，如果他們沒有好好衡量這些事：自然竟如此地分化人，使人傾向於互相侵略，互相毀滅；而且即使不相信這個出自情緒的推論，他也或許會想要由經驗作相同的推論。就讓他想想自己：在旅行的時候，他武裝自己，而且儘量找許多同伴；當他就寢時，會鎖上房門；甚至在家裡會鎖上他的櫃子；他這麼做，即使他知道有法律和武裝的警察會爲他可能遭受到的傷害報復；當他全副武裝騎著馬時，對他的隨從同伴有什麼看法；當他鎖上門時，對他的市民鄰居有什麼看法；當他鎖上櫃子時，對他的子女、僕人有什麼看法。他的行爲對人的控訴不是和我以文字所做的一樣多嗎？但是我們兩方都沒有指控那種情形中的人性。欲望，和人的其他情緒，本身沒有罪。出於這些情緒的欲望也沒有罪，直到他們發現禁制他們的法律：這點他們無法在法律制訂出來以前發現：但是來立法之前，法律無法制訂。

或許會有人想到，這種戰爭的時代或者情境從來不曾經存在；我相信，一般來說，絕非全世界都是如此；但是現在許多地方的人都是如此。比如在美洲許多地方的蠻人，除了小型家庭的統治以外（其和諧仰賴自然欲望），沒有任何政府；而且現在用那麼野蠻的方式生活著，和我先前所說的一

樣。不論如何，可以想見，在沒有可以畏懼的公共權力時，會有什麼樣的生活方式——本來活在和平統治下的人在內戰中常常墮入的這種生活方式。雖然從來不曾有任何時代，特別有人彼此爲戰；但是在任何時代中，君主們和有統治權的人，由於彼此獨立，持續著彼此嫉妒，處在劍客一樣的姿態中；以刀兵相向，瞪著對方；也就是，以城寨、要塞、大砲指向他們王國的邊界；持續地派間諜前往鄰國；無異於戰爭的姿態。但是由於他們克制住了他們臣民的努力，戰爭的不幸並不隨之而來，而這種不幸伴隨著特定人的自由。

在戰爭狀態中沒有不義

在人人互相對抗的戰爭中，也會產生這樣的結果：沒有不義的事。對與錯，正義與不義的觀念沒有地位。沒有公共權力的地方，就沒有法律；沒有法律，就沒有不義。力量與欺騙，在戰爭中是兩種主要的美德。正義與不義，既不是身體的、也不是心理的機能。如果它們是身體的機能，就會存在於獨自生活在世界上的人之中，就像他的感覺與情緒一樣。它們是社會人的性質，而非孤獨人的性質。同樣的情境也有這樣的結果，沒有財產，沒有所有權，沒有**我的**(mine)或**你的**(thine)之分；只有他能得到的，才是他的；只有他能保存的時候，才算是他的。對於人僅僅由於人性就眞正淪入的這種惡劣情境，就談到這裡。脫離這種惡境，一部份靠人的情緒，一部份靠人的理性。

情緒使人傾向於和平

令人傾向於和平的情緒，是對死亡的恐懼；對於舒適生活必需品的欲望；和以努力來獲取生活必需品的希望。而理

性提議方便的和平規約，人們可以在規約上達成協議。這些規約，又叫做自然律：在下兩章，我會談得更仔細。

論第一、第二自然律，和契約

自然的權利

自然的權利，作家們通常叫作**自然權**(jus naturale)，是每個人所具有的，以自己所希望的方式，使用自己的權利以保存自己天性的自由，也就是保存自己生命的自由；也就是，作任何以他的判斷和理性認爲是保護自己最佳辦法的事。

自由

自由，依照這個字特有的意義，被瞭解作缺乏外在的阻礙：這些阻礙，通常會奪走人一部份實現自我意向的權力；但是不能阻止他依照自己判斷和理性的指示去運用他的權力。

自然律

自然律(law of nature)，lex naturalis，是一種命令或通則，由理性所建立，依此人被禁止作毀損他生命的事，以及禁止取走他保存生命的資具；並且禁止忽略他認爲最能夠保存生命的方法。因爲雖然討論這些問題的人，常常混淆 jus 和 lex，「權利」與「法律」：但是兩者應該加以分別；因爲**權利**(right)，由作與受的自由所構成；而**法律**(law)，決定並且約束其中之一：所以法律和權利，就如同義務和自由一樣不

同；在同一件事情上是相互不融貫的。

在自然狀態中每個人對每件事都有權利

因為人的處境，如先前幾章所示，是人與人相戰的情境；每個人由他自己的理智所主宰，而且凡是他用得到的東西，都能夠幫助他保存自己的生命防禦敵人；所以，在這種情境中，每個人對每件事都有權利；甚至對彼此的身體都有權利。是故，只要這種每個人對每件事的自然權利持續存在，任何人無論他多強壯或著聰明，就難以安全活完自然通常容許人活完的時間。結果可以得出一個規定，或者一種理性的通則，「每個人都應該盡量致力於和平，在他所希望得到和平的程度內；而當他不能得到和平時，他應該尋求並且使用戰爭的所有幫助和利益。」通則的第一段，包含著自然的第一基本定律；就是，「追尋和平，並且遵守它。」第二段，是自然權利的總結；就是，「以任何我們可能使用的手段，防衛自己。」

第二條自然律

由人受命致力於和平的這個基本自然律，衍生出這第二自然律；「當人冀求到，別人也同樣希望，和平與自我防禦時，他會認為放下這種對所有事物的權利是必要的；而且會滿足於和別人侵犯他一樣多的反對別人的自由。」因為，只要每個人都保留這種為所欲為的權利，所有的人就都在戰爭狀態中。但是如果其他的人不像他一樣放下他們的權利；任何人就都沒有理由放下自己的權利：因為那就是使他自己淪為獵物，沒有人願意如此，而非使自己朝向和平。這就是那福音書的律則：「己之所欲，務施於人。」而全人類的律則

是：「己所不欲，勿施於人。」

放棄權利

　　「放下」一個人對任何事的「權利」，就是「剝奪」他自己妨礙其他人對同一件事行使他自己權利之便的「自由」。因爲放棄或不動用自己權利的人，並不給予任何其他人他本來所沒有的權利；因爲沒有任何事是任何人沒有天生權利的：只有他站開來，另一個人才會享受到自己天生的權利，而不受到他的阻撓；但是並非沒有其他人來阻撓他。所以，別人放棄權利所回報給他的效應，不過只是稍微減少他使用天生權利的障礙。

　　放下權利，可以是單純地放棄權利；或者是將權力轉移給別人。「單純」的「放棄」，當他不在乎誰會受到回報的利益時。「移轉」，當他想要將利益轉移給特定的個人或一些人時。當人以其中一種方式放棄或奉送他的權利時，可說他有「義務」或者「必須」，不去妨礙接受這種權利的人，或者是說他放棄了權利的利益：他「應該」，這是他的『職責』，不要使自己的自願行爲無效：在「沒有權利」，事先放棄或者轉移了權利的情況下，這種阻撓是「不義」、是「傷害」。所以「傷害」或者「不義」，在世間的論戰中，有點像是學者們所爭論的「荒謬」。它在此被叫做荒謬，因爲它和人一開始所做的主張矛盾：所以在世上，它被叫做矛盾和不義，因爲人志願不作他一開始志願去作的事。人單純放棄或者轉移權利的方法，是以一些充分的記號宣告或者示意，他如此的放棄或轉移；或者他已經如此的放棄或者轉移這一權利給接受的人。這些記號或者是只有文字，或者是只有行動；或者，也是最常發生的，既有文字又有行動。同樣地也有約束、要求

人的「約定」：約定的力量並非出於它們的天性，因為沒有什麼比人的話更容易破壞的了，而是來自於對毀約造成可怕結果的畏懼。

有些權利不可拋棄

當人移轉或者拋棄他的權利時；他不是為了想要有些權利相對地移轉給他；就是想得到一些其他的好處。因為這是自願的行動：而每個人的自願行動，對象一定是「他自己的好處」。所以有些權利是不可能以文字或者符號可理解方式去拋棄或移轉的。首先，人不能放下抵抗的權利，以抵禦以武力攻擊他、奪取他生命的敵人；因為這麼做，無法瞭解對他自己有何好處。關於受傷、枷鎖、監禁也是一樣；因為忍受這些沒有任何利益；如忍受別人遭受傷害、監禁一樣的利益：也因為人無法判斷，當別人以暴力攻擊他時，是否要他的命。最後，放棄或移轉自己權利的這個人的動機和目的，不外是人身的安全，在生活中、再維護生活的資具上，不必操煩。所以如果有人好像要以文字或者其他符號去剝奪自己，這些符號所企圖表達的目的時；不應該以為他故意如此：或者他的意願是如此；而是他不知道這些文字和行動會被如何解釋。

契約

權利相互移轉，稱之為契約。

權利的移轉和事物的移轉不同；而移轉，或傳統，是事物本身的傳送。因為事物可以隨權利的移轉而一起傳送；比如以現有的金錢買賣；或者物品與土地的交易：事物也可以晚一點傳送。

合約

　　再者，訂約者的一方，可以先傳送他這一方約定的東西，讓另一方在以後確定的時間達成約定，而現在信任他；他這部份的契約就叫做「協定」，或「合約」：或者雙方可以現在訂約，以後履行：在這種情況下，將要去履約的人，受到信任，他的行為叫作「遵守承諾」，或者信任；不能履約的人，如果是有意的，叫作「違反信任」。

　　當權利不是互相轉移的時候：其中一方移轉是希望因此得到友誼、別人或朋友的服務；或者希望得到博愛和寬宏的名聲；或者使他的心靈出於同情之苦；或者希望得到上天的獎賞，這不是契約，而是「禮物」、「慷慨的贈與」、「恩賜」：這些詞指著同一件事。

當互信的合約失效時

　　如果定下了合約，而雙方並不立即履行，而是彼此信賴；在純自然的狀態，也就是人與人爭戰的狀態下，任何合理的懷疑，都會認為合約是空洞的；但是如果在雙方之上有共同的權力，以充分的權利和力量迫使他們履行，合約就不是空洞。由於先履行的人，得不到另一方以後會履行的保證；因為文字的約束太弱了，不足以羈絆人的野心、貪婪、憤怒和其他的情緒，若沒有強迫的力量令他害怕的話；這在純自白的狀態中，也就是人人平等、自己判斷自身的畏懼和是否正義的狀態中，根本不可能假設。所以，首先履行的人，的確把自己出賣給了敵人；和他的權利相反，他是不能夠放棄自己保衛生命和維生工具的。

　　但是在市民階層中，有一種權力被建立起來以約束那些

本來會破壞信任的人，損害自己的恐懼就不合理：正因爲如此，合約規定先履行的人，就必須先履行。

　　使這種合約無效的恐懼，它的原因必然一定發生在合約訂定之後；比如一些新的事實，或其他有意不履行的符號；不然就無法令合約失效。因爲不能妨礙人承諾的事，就應該不能妨礙履行。

論其他的自然律

第三條自然律：正義

　　從「我們必須移轉權利給別人，不然就會妨礙和平」這條自然律，可以導出第三條自然律：就是，「人履行他們所訂立的合約」：沒有這條自然律，合約無效，形同具文；而每個人對每件事的權利依舊存在，我們還是在戰爭狀態中。

　　在這條自然律中，含有「正義」的泉源。因爲沒有合約的地方，就沒有什麼權利被移轉，每個人對每件事都有權利；結果，沒有任何行爲是不義的。但是在訂立合約後，毀約是「不義的」：不義的定義，正就是「不履行合約」。凡是非不義的，就是「正義的」。

創造國家時產生正義與不義

　　利益互信的合約，就像前一章說的，當出現一方不履行的恐懼時，是無效的；雖然正義的起源是訂立合約；但是在去除這種恐懼的原因之前，眞的沒有任何不義；而去除恐懼，是人在戰爭的自然狀態下作不到的。所以，在正義與不義之名成立之前，必須有強制的力量，驅使人履行合約，以

大於破壞合約所預期利益的懲罰來威脅；並且對人們藉由訂約所得到的合宜性，賦予好處，以補償他們所放棄的普遍權利：這種權利唯有在國家建立之後才存在。這一點也可以從學院裡對於正義的平庸定義裡集結出來：因為他們說，「正義是一種持續的意志，人意願要貢獻給所有的人他自己所有物的意志」，所以，沒有「自己所有物」，也就是，沒有財產，就沒有不義；強制的力量沒有建立，換言之，沒有國家，就沒有財產；所有的人對所有的事物擁有權利：所以沒有國家之處，就沒有不義之事。是故正義的天性，在於遵守有效的合約：但是合約的效力，唯獨始於市民政權的建立，一個足以強迫眾人遵守合約的政權成立：然後也開始有財產⋯⋯。

論服從仲裁的義務

　　所以，如果使用人不那麼甘願遵守法律，則關於人的行為還是會產生一些問題；第一，行為有沒有作；第二，行為是否違反法律；前者叫作「事實」問題；後者叫作「權利」問題，於是，除非問題各方相互約定接受他人的裁決，他們離和平還是一樣很遠。這個他們相約定要遵守的他人叫作「仲裁者」。所以，根據自然律，「爭論者使他們的權利服從於仲裁者的判決」。

　　有鑑於每個人都被假設完全自私自利，沒有人自己有理由是一個恰當的仲裁者；儘管他都不太適合；但是平等使得每一方都有相同的利益，如果一方可以作法官，另一方應該也可以；是故，戰爭的原因—爭論仍然存在，違反著自然律。

　　出於同樣的原因，沒有人有任何理由應該被接受為仲裁者，享用明顯出於一方而非另一方勝利所得的更多利益、榮譽，或樂趣：如此他收受了賄賂，雖然是不可避免的；也就

沒有人應該信任他。所以,爭論和戰爭物狀態仍然存在,違反著自然律。

在「事實」的爭論上,法官沒有給予兩方之一更多信賴,如果沒有別的論證,他應該信任第三者;或第三者和第四者;或者其他人;不然問題就無法解決,而留給武力去處理,違反了自然律。

這些就是自然律,決斷和平,當作保持人群繁盛的手段;這只涉及市民社會的信條。有其他的事會摧毀個別的人;比如酗酒,和其他各種不節制;這也可以讓人記起其他自然律所禁止的事;但是沒有必要在此提起,也和這裡不太相關。

可以檢查自然律的規則

自然律的這種推論似乎太細膩了,並非人人都注意到的;大多數的人汲汲於營生,其他的人粗疏到不足以瞭解;要讓每個人都沒有藉口,在於將自然律濃縮成一個簡單的總結,即使最愚昧的人也能瞭解;那就是,「己所不欲,勿施於人」;這條規則教他,學習自然律不必作什麼,只要拿別人的行為和自己的行為衡量時,別人的行為在天平的另一端似乎太重,而自己的行為、自己的情緒和自戀在天平上或許沒有增加什麼重量;那麼就沒有任何自然律對他顯得不合理了。

自然律永遠在意識中要求,但是實際上唯有在安全中要求

自然律「**在內境**(in foro interno)」❶要求:也就是說,自然律結合在它們應該參與的欲望上;但是「**在外境**(in

❶字面上,「在內境」就是:在一個人的心中或者意識中──編者註

foro externo)」❷，也就是，結合到行為上，雖然並非永遠如此。因為謙卑、馴良、實現所有諾言的人，在別人都不這麼做的時機和場所時，會令自己淪為別人的獵物，導致自己的毀滅，違反了所有自然律的基礎，就是保存天性。再者，由於別人對他遵守同一種自然律而得到充分安全的人，若自己不遵守自然律，不追求和平，卻追求戰爭；結果就會導致他的天性遭到暴力摧毀。

結合「在內境」中的自然律，不僅會被違反它的事實所破壞，當人以為事實違反它時，也會被遵守它的事實破壞。在這個情形中，雖然他的行為遵守自然律；但是他的目的是反對自然律；這「在內境」的義務中，是一種破壞。

自然律是永恆的

自然律是永恆不變的；因為不義、忘恩負義、自大、傲慢、不正、偏袒、和其他種種，都不可能合法化。因為說戰爭會保存生命而和平會摧毀生命，是絕不可能的。

同樣這些自然律，因為只要求慾望和努力，我指的是持續不斷的努力，很容易遵守。因為它們只需要努力，努力履行它們的人，實現了它們；而實現自然律的人，是正義的人。

這些自然律的科學是真正的道德哲學

自然律的科學，是唯一真正的道德哲學。因為道德哲學不過就是實際人類社會和語言中「善」與「惡」的科學。「善」與「惡」是指涉我們喜好與厭惡的名詞；不同的人有不同的喜惡；不同的人，不僅在他們對行聲香味觸等感覺的喜惡判

❷字面上，「在外境」就是：在公共的世界或者行動中──編者註

斷上有所不同；也在日常生活的行為是否合乎理性的判斷有
所不同。甚至，同樣的人，在不同的時候，自己的判斷也不
相同；此時稱讚叫作好的，彼時詆毀叫作壞的：從此產生爭
議、糾紛，最終產生戰爭。所以，只要人在純自然的狀態中，
也就是在戰爭狀態中，私人的喜好是善惡的標準；就會導致
所有的人同意，和平是善的，而和平的方法、手段，如我先
前所示，像「正義、感激、謙遜、和平、慈悲」，和其他的自
然律，是善的；也就是說；「道德的美德」；而和它們相反的
是「罪惡」，邪惡。美德和罪惡的科學，是道德哲學；所以，
自然律的真正教條，是真正的道德哲學。但是道德哲學的作
家們，雖然承認相同的美德和罪惡；卻不見它們的善何在；
也不知道它們因為是和平、融洽、舒適的生活的手段而受到
讚賞，把它們定位在庸俗的情緒裡：好比大膽的程度而非原
因造成力量；又好比贈與的份量而非原因造成慷慨。

　　這些理性的裁決通常叫作法律，但是這個名字不正確：
它們不過是那引導人去保存、防衛自己的法則之定理的結
論；而法律正確的說，是他按照權利可以指揮他人的話。不
過，如果我們考慮到同樣的定理，是出於上帝的話，有權指
揮所有的事物；那麼，它們就可以正確地叫作是法律。

論國家的原因、發生、和定義

　　天生愛好自由又喜歡統治他人的人，引入自我約束而生
活在國家中的最終原因、目的和計畫，是預期自我保存和因
此而來的更滿足的生活；也就是說，使他們能夠脫離戰爭的
悲慘狀態，如前所示，如果沒有可見的權力令他們敬畏，以
恐懼和懲罰約束他們履行合約並遵守第十四、十五章所建立

的那些自然律的話，這種狀態是人類天生情緒的自然結果。

自然律如「正義、公平、謙遜、慈悲」，和「己之所欲，施於人」的結論本身在沒有權力威嚇使人遵守的情形下，違背了那使我們偏見、自大、報復等等的天生情緒；而沒有劍的合約不過是具文，完全沒有力量保護一個人。所以儘管有自然律，每個人在他有意遵守的時候都遵守，當他能安全地遵守的時候都遵守，如果不建立任何權力或者權力不足以保護我們的安全，每個人都會合法地依靠自己的力量和技巧，小心防範所有其他的人。在人以小家庭生活的所有地方，彼此掠奪是一種職業，並且絲毫不會被稱之為違反自然律，因為他們搶的越多越光榮；在這種勾當中，人只遵守榮譽的法則；也就是避免殘酷，饒人一命，放過他們持家的工具。以前小家庭這麼做，現在城市和王國這些大家庭，為了自身的安全，擴大統治範圍，以危險、害怕遭受入侵或入侵者會受到支援為藉口，公然運用武力或因為其他的顧慮而私下使用技巧，正義地盡可能努力降服或削弱他們的鄰邦；後世會以榮譽來紀念這些行為。

為何有些無理性、無語言的生物在沒有動力驅迫下仍然生活在社會中

確實，有些生物，像蜜蜂和螞蟻，彼此群居，此所以亞里斯多德把它們當作是政治動物；但是它們除了特殊的判斷和欲求之外，沒有其他的指令；沒有能夠互相表達它認為什麼能夠有助於共同利益的語言：所以或許有人想知道，為什麼人不能夠和它們一樣。我的回答是：

第一，人一直在競逐榮譽和尊嚴，這些生物則不然；結

果在這個基礎上，人能人之間產最後發生了戰爭；但是這些生物則不然。

　　第二，這些生物的共同利益無異於私有利益；但是人的樂趣在於和別人比較，只喜歡明顯的事。

　　第三，這些生物並不像人一樣能夠使用理智，它們既不能發現、也不想發現任何在經營公共事務上的錯誤；但是在人群中，有非常多人自認為比別人更聰明、更有能力管理公眾；這些人致力於改革與創新，有人這麼做，有人那麼做；於是導致紛亂和內戰。

　　第四，這些生物，雖然能夠使用一些聲音，使彼此瞭解對方的欲望，和其他的情感；但是它們欠缺語言的技藝，而有些人能夠運用這些技藝以向別人表達似惡之善和似善之惡；並且對於令人不滿、干擾他們安逸平和的明顯大量善與惡，加以增減損益。

　　第五，非理性生物不能夠區分**傷害**(injury)和**損毀**(damage)；所以當它們閒下來的時候，不會受同伴侵犯；但是人在最閒的時候，是最麻煩的：那時候他就喜歡賣弄他的聰明，控制國家統治者們的行動。

　　最後，這些生物的協議是自然的；而人的協議只有藉由合約，這是人造的：所以，需要合約之外的東西來維持協議的持久不變，是沒什麼好奇怪的；這種外在的東西是公共權力，以令人敬畏，並且指導他們在共同利益上行動。

　　這種公共權力，能夠使他們免於外敵入侵、彼此傷害，從而保護他們，使他們以自己的努力和大地的果實，能夠給養自己並且滿足地生活；建立這種公權力只有一種方法，就是把他們所有的權力和力量授與一個人，或者一組人，這個人能夠將他們所有的意志，多重的聲音，化簡成單一的意志：

甚至可以說是，指定一個人或一群人去承擔他們的人格；每
個自己是或者自認為是某個人格承擔者的權威，都應該在公
共和平安全事務上行動，或者是被要求行動；並且要使他們
每個人的意志順服於他的意志，判斷順服於他的判斷。這不
僅僅是同意或一致；這是他們全體真正的統一，統一成同一
個人格，由每個人對每個人的合約所構成，用以下的方式構
成，好似每個人要每個人說，「我放棄自我統治權，授權給這
個人，或這組人，在這種條件下：你放棄你的權利，並且授
權給他，以同樣的方式從事所有的行動。」完成這一點以後，
群眾被統一成一個人格，叫作『國家』，拉丁文叫作
CIVITAS。這就是那偉大『巨靈』的誕生，或者更尊重地說，
是**有死之神**(mortal god)的誕生，在「不朽之帝」之下，我
們的和平和安全歸因於這巨靈。藉由國家之中每個個人賦予
他的這個權威，他能使用授權給他的極大權力和力量，大到
他可以藉由威嚇去實現他們全體的意志，並達成本土的和
平，並得到相互援助共禦外侮。國家的本質就在於他；所以
把他定義為「一個人格，由大眾彼此相互訂約，使他們每個
人都成為這個人格之行動的權威，為達成目的，他可以使用
他們全體的力量和工具，只要他認為有利於他們的和平和公
共安全。」

遂行這種人格的人叫作**君主**(sovereign)，擁有「主權」；
而所有其他的人是他的**臣民**(subject)。

＊本文摘譯自《利維坦》(*Leviathan,*1651), edited by Louis P.
Pojman.

焦點議題

1. 霍布斯所謂的「自然狀態」是什麼意思？你能夠想到在現實生活或者小說中接近自然狀態的情境嗎？道德在自然狀態中存在嗎？

2. 描述霍布斯的人性觀。人像他描述的一樣自我嗎？請解釋。

3. 什麼是利維坦？它是對人類需求的合理解答嗎？

4. 有一種契約式倫理學的運用出現在互利主義或者一報還一報的道德觀中。這種道德的規律應該叫做黃銅律（相對於金科玉律）。（譯者註：相對於希臘神話中的黃銅時代與黃金時代，語出於賀曉德(Hesiodsos)的《工作與光陰》(*'Erga kai Hemeros*) 它說道：「別人怎麼對你，你就怎麼對他。」和耶穌的「登山寶訓」（《馬太福音》，第五章）相反，我們不應該原諒我們的敵人或者原諒那些傷害我們又不知悔改的人。請比較一報還一報的道德與康德的義務倫理學和功利主義。

④ 習慣是國王*

Herodotus 原著　陳瑞麟　譯

希羅多德(Herodotus)（485-430 B. C.），希臘歷史
學家，著名的歷史之父。在這篇選自其《歷史》
(*Histories*)一書的簡短段落裏，他例示了文化相對
主義—不同文化有不同的道德理念的想法。文化相
對主義不能和倫理的相對主義混淆，後者是道德原
理從文化的認可中導出它們有效性的觀點，文化相
對主義則是一個描述不同的社會有不同的道德原理
的主張。文化相對主義不是一個關於原理有效性的
主張，而只相關於它們的多樣性。但希羅多德相信
文化非常有力量。的確，「習慣是凌駕一切的國王」
——這意味他也是倫理相對主義者嗎？

　　對我來說顯得很確實的是：由這麼多種證明看來，康比塞斯(Cambyses)正在瘋狂叫囂；此外，他並未顯示自己是在嘲弄神聖儀式和久已被建立起來的**慣例**(usages)。因為如果一個人打算提供給人們世界上所有的習慣，讓他們去選擇那些似乎對他們是最好的，他們會願意檢查一切，但最後卻總是較喜歡自己的；他們是如此深信自己的慣例遠遠超過所有其他人的慣例。因而，除非一個人發瘋了，否則他根本不可能去取笑這種事情。人們對他們法則的感情，可以由很多證據看出來；如達利阿斯(Darius)在得到王國之後，召喚他身邊的某些希臘人，問道：他應該付他們多少錢以便去吃他們父親的屍體？對這一點，希臘人回答說，有再多錢也不能夠誘使他們去做這種事情。然後，他延請一些印度人，屬於吃他們父親的卡拉提安(Callatians)族，再問他們；此時希臘人站在一旁，由翻譯者的幫助知道了所說的一切——為了燒他們父親的屍體，他應該給他們什麼？印度人大聲驚叫，而且吩咐他不要講這種話。這兒就是人們的習俗；在我看來，品達(Pindar)說得對：「習慣是凌駕一切的國王。」

　　＊本文摘譯希羅多德著，《希羅多德的歷史》（*The Histories of Herdotus*），tran.　George　Rawlinson(New　York:　Appleton, 1895)

焦點議題

1.你同意希羅多德所說的「習慣是凌駕一切的國王」嗎？請說明之。

⑤ 爲倫理相對論辯護*

Ruth Benedict 原著　　楊植勝　譯

潘乃德(Ruth Benedict, 1887-1948)，美國頂尖的人
類學家，曾任教於哥倫比亞大學。她最有名的著作
有《文化模式》(*Patterns of Culture,* 1935)、《菊
花與劍》(*The Chrysanthemum and the Sword*)。潘
乃德把社會系統視爲含有共同的信仰與實踐的社
群，這些共同的信仰與實踐在社群裏成爲觀念與實
踐的整合類型。一個文化就像一件藝術作品，從它
的基本性向的全部內容裏選出一個主題來加以強
調，然後產生一個巨大的構造來發展它的那些性
向。最後的系統彼此之間有顯著的區別，但是我們
不能據以說某個系統比另一個系統好。一旦一個社
會選擇了它的主題，它的**常態**(normalcy)就會不一
樣，視其文化的**觀念—實踐**(idea-practice)類型而
定。

潘乃德認爲道德有賴於各個文化的不同歷史與
環境。在這篇文章中，她從她在美拉尼西亞
(Melanesia)西北部的一個島嶼上所作關於種族行
爲的人類學研究搜集了一筆可觀的資料，從這些資
料中她斷定道德相對主義是道德原則正確的看法。

　　當代社會人類學越來越傾向於研究文化環境的差異與共同元素，以及它們對人類行為的影響。對於這樣一種多元社會秩序的研究，幸好原始的人類還能提供一個沒有完全被制式化的世界性文明的傳播所破壞的實驗室。氐亞克人(Dyaks，譯註：婆羅州的原始民族)與后匹人(Hopis，譯註：美洲東北部的印第安人)，費伊人(Fijians，譯註：美拉尼西亞費伊島上的民族)與亞苦特人(Yakuts，譯註：西伯利亞東北部的民族)對於心理學與社會學的研究都很重要，因為只有在這些簡單的民族身上才有機會在足夠的隔離之下看到地方性的社會形式如何發展。在比較高級的文化裏，遍及兩大洲的習慣與信仰的標準化使我們對於時興的特殊形式之必然性有一種錯覺，現在我們需要轉向一種更廣闊的觀察，對我們建立在這種熟悉的習慣之**相近普遍性**(near-universality)上匆忙所下的結論加以檢查。大部分較簡單的文化都沒有流行到我們在我們的經驗裏等同於人性的那種到處一致的東西，但是這有許多歷史上不同的理由，其中當然不包括一種對於社會善或社會健全的獨占作為它的傳遞者。從這點來看，當代的文化就不再是人類成就的必然巔峰，而是一長系列可能作的調整的入口。

　　這些調整，不管它們是屬於**矯揉主義**(mannerisms)──像是在一個社會裏表現憤怒、快樂或悲傷的方式──還是主要的人類驅動力──例如「性」──都顯示要來得比任何一個文化所給予我們的經驗更為繁複多變。在某些領域如宗教或結婚形式的安排裏，這些變化的限制很容易把握和描述。另一些領域則不可能讓我們給予任何通論性的敍述，但是這並不就表示我們可以省去我們的職責，不需要去指出他們所完成的工作與產生的問題之意義。

　　這些問題裏有一個和現代習慣上的**正常──不正常**
(normal-abnormal)範疇，以及我們對它們所作的結論相
關。這些範疇在文化上被決定到什麼程度，或我們可以確定
它們的絕對性到什麼程度？到怎樣的程度我們可以認爲某種
社會作用的不發揮已經是不正常的徵候，或到怎樣的程度必
須認爲它根本是文化的一種作用？

　　事實上，在從事許多不同文化的研究裏，我們所發現的
一個最令人驚訝的事實是，在我們的文化裏的不正常的元素
往往可以在其他的文化裏作用得好好的。不論我們選擇什麼
樣的「不正常」都一樣：那些具有極大的不穩定性的，或者
是具有諸如**變態**(sadism)或自命高超或被迫妄害想症一類
性質的，在許多清楚描述的社會裏都作用得好好的，而且是
以帶有這些性質爲傲，我們可以明顯地看到它們的存在對這
個社會沒有任何危險性或困難。

　　其中最有名的就是**迷幻**(trance)與**癲癇**(catalepsy)。在
我們的文化裏，即使是最溫和的魔法都是背離常軌的。但是
大部分的民族卻認爲，即使是最激烈的心靈性表演都是正常
的和需要的，甚至是值得高度評價的一種性質，而且只有天
生異稟的個人才具有這種性質。這樣的事情，在我們的文化
背景裏，當天主教把一種**恍惚狀態**(ecstatic)的經驗當作神
聖性的標誌時也曾存在過。在一個從沒有使用過這種經驗的
文化下誕生和長大的我們，很難瞭解它所扮演的重要角色，
也很難想像有多少人能夠達到這種狀態，只要它在社會裏取
得了一個有榮耀的地位……。

　　癲癇和迷幻的現象當然只是其中的一個實例，用來說明
我們所認爲的異常元素可以在其他文化產生適當的作用；有
很多我們文化所要丟棄的特性還是其他文化所要刻意擷取

的。同性戀就是一個很好的例子，因為在這個例子裏我們的注意力不會像是對迷幻狀態那樣被扭曲掉，潛在地認為它是對於規律活動的干擾。同性戀所提出來的問題很簡單。在我們的文化裏，這樣一個傾向會把一個個人暴露到任何背離常軌的個體所要面對的衝突裏，而且我們傾向於把這個衝突的結果歸之於同性戀。但是這樣的結果很明顯是地域性和文化性的。在很多社會裏，同性戀者都不是性無能者，但是如果文化要求他作調整——這樣的調整對任何人的生命力都會產生壓抑——他們就可能真的變成性無能。不管同性戀在同一個社會裏的地位如何，那些對它們一視同仁的人充斥在這個社會的高級角色上。柏拉圖的《共和國》（*Republic*）就是一個同性戀閱讀最有力的說明。它陳述的美好生活的主要方式，而在希臘當時都一致如此認為。

對同性戀的態度並不總是放在這樣一個倫理學的高度上，而是隨處不同。在很多美洲的印第安部落裏，有一種法國人稱為「**北大些**」（berdache）的制度。在思春期或思春期後的男子，穿上女人的衣服，做女人的事，把自己變成**男女人**（men-women）。他們有些嫁給其他的男人並跟他們生活在一起，有些則是沒有性倒錯的男人，他們只是性本能較弱，選擇這個角色以避免女人的訕笑。北大些制度裏的人從未被認為是具有一流的超自然力量的人，和在西伯利亞（Siberia）的男女人一樣，但是他們是婦女工作裏的領導者，是某些疾病的醫師，或者在某些部落裏，是社會事件溫和的處理者。不論是哪一種情況，他們都有他們在社會裏的位置。他們沒有被遺棄在衝突裏，排除在他的社會所承認的型式之外。

關於正常性出諸於文化詮釋的證明，最值得注意的例子，是那些把我們文化的不正常當作它們社會結構之基石的

文化。我們不可能在一個很短的討論裏公平地陳述這些可能性。最近佛兒芎(Fortune)在美拉尼西亞西北部的一個島嶼上所作的研究，描述一個特殊的社會，它所顯露的種種特徵會讓我們認為已經超出妄想症的範圍。在這個部落裏，異族通婚的群體視彼此為黑巫術(black magic)的主要操縱者，所以一個人結婚總是落到一個敵對的陣營裏去，在他的有生之年，這個陣營永遠是他帶有不共戴天仇恨的敵人。他們把一個好的田園收成視為是偷竊的供認，因為每個人都在施魔法把鄰人的生產力變到他的田園來；所以別的秘密都可以說，只有他家甘薯豐收的秘密要絕對守住。他們收受禮物的禮貌用語是：「如果你現在毒殺我，那我要如何才能償還你的贈與呢？」他們對毒害人的警覺是全天候的；沒有一個婦人會離開她的煮食器皿一刻鐘。這個美拉尼西亞文化區域的特徵是同族人的經濟交換，但是在都卜人(Dobu)，由於充滿在這個文化裏的恐懼和不信任無法與經濟交換相容，他們的交換方式就變了樣。他們走到更遠的地方去，把全世界放在他們自己的領域之外，心想這樣終夜的宴飲儀式就不是在這裏發生了。他們甚至有嚴格的宗教風俗，禁止彼此分享種子，即便家裏的人也一樣。別人的食物不可食，因為你吃了會中毒，所以糧食的共用根本不可能。在收成前的幾個月整個社會是處於饑荒的邊緣，但是如果一個人禁不起誘惑而吃掉了他的甘薯子，他就要被驅逐出境，終身流浪。他不可能有回來的機會；那必然地要牽涉到所有社會綱紀的破壞。

　　在這個社會裏沒有人可以和另一個人一起工作，沒有人可以和另一個人一起分享快樂。現在，在這樣一個社會裏，佛兒芎描述了一個被他所有同族的人當作瘋子的人。他不是那種會周期性地抓狂、口吐白沫、並且突然搶起一把刀衝向

人亂砍的一類的人。但是他們反而不認爲這樣的行爲有什麼奇怪。他們甚至不把那些有攻擊傾向的人作某種程度的拘束。他們只會在看到攻擊臨頭時逃開，保持自己在一定距離以外，而認爲：「他明天就會回復正常。」現在就是有一個個性明朗和善的人，他喜歡工作，喜歡幫助別人。但是社會的壓力太大了，他沒有辦法反抗它，塑造出另一種截然相反的文化。人們談到他時都不免要嘲笑：他是個笨瓜，頭腦簡單，不可理喻。然而，對於我們這位過去在基督教裏塑造他所認識的所有美德之模型的民族學者而言，他似乎是一個很令人喜歡的傢伙……。

……在**夸可巫投人**(the Kwakiutl)那裏，一個親人究竟是壽終正寢地死於疾病，還是在敵人的手裏慘死並沒有很大的區別，在兩種情況下發生的死亡同樣都是一件恥辱，只有靠著另一個人的死亡才能加以昭雪。使他們服喪的事實就是他們受迫害的明證。有個酋長的姊姊帶她的女兒到維多利亞(Victoria)去，但不知道是因爲她們喝了太多的威士忌還是因爲她們的船翻覆，她們再也沒有回來。酋長召集了他們的戰士：「我問你們，同胞們，是誰要哭？是我，還是別人？」他的發言人如所預料地回答了：「不是你，酋長，讓族裏的其他人來做這件事。」他們立刻立了一根戰爭柱，表示他們洗刷這個傷害的決心，並聚成一支戰鬥團。他們出發，找到七個男人和兩個小孩在睡覺，把他們都殺死了，「然後當他們在黃昏時候抵達塞罷(Sebaa)時，就覺得好多了。」

我們所注意到的是，在我們的社會裏，碰到這種情形，對於那些當他們在黃昏時候抵達塞罷時覺得好多的狀況會認爲是不正常的。也許在我們的社會裏也會有一些這樣的人，但是在這樣的情形下決不會是一種被認可和贊許的味道。在

西北岸(the Northwest Coast)上，那些在這樣的情形下有相同味道的人是比較幸運的，而那些厭惡這種氣味的人則比較倒楣。作爲少數的後者要符合他們的文化，只有對於他們施暴的人還予暴力，把那他們所不願帶給別人的加在別人身上。例如有一個人，他像是那個妻子被奪走的平原印第安人一樣，恥於作戰，結果他順應西北岸文明的方法就是忽視它強有力的特性。如果他不能做到，他就成爲文化的脫軌者，他們的一個不正常的例子。

在西北岸那裏有關人死後獵人頭的作法是全然無關乎報仇的。沒有人會認爲一樁殺害事件是因爲受害者與某個之前死去的人有關係。有個酋長死了兒子，他照著他所想像的到處訪察，跟他的族人說：「我的王子今天死掉了，你也跟他一起去！」然後就把他殺了。對於這種作法，依據他們的說法，他的行爲是偉大的，因爲他沒有被擊倒；而能夠反擊回來。這整個過程如果不是出於對喪親之痛偏執狂般的感受就全然沒有意義。死亡，以及其他所有生命存在難以解決的意外，挫折了人的驕傲，而只能在辱及別人時獲得補償。

西北岸那裏引爲榮的行爲在我們的文明裏被認爲不正常，它必須夠接近我們自己文化所持的態度，才能爲我們所理解，也才會有確定的辭彙，可以讓我們來討論它。偏執狂的傾向在我們的社會裏毫無疑問是危險的。我們的某些既有的特質會助長這種傾向，所以我們對它就面臨兩種可能態度的選擇。一種是把它當作是不正常的、不應該的，也就是我們的文明所選擇的態度；另一種是把它當作理想人格的基本個性，而那就是西北岸文化所解決的辦法。

這篇文章只能以最簡短的方式提出這些例子，它們使我們不得不相信一個事實，就是所謂的正常，是由文化所定義

的。任何一個由那些文化的驅動力與標準所形塑出來的成人
一旦被轉換到我們的文明裏面來，一定變成屬於不正常的那
一類的集合。他會面臨**社會性的行不通**(socially　unavail-
able)所產生的心理上的兩難。但是在他自己的文化裏，他是
社會的中堅，社會習俗薰習下最終的結果，人格不穩定的問
題在他自己的環境根本就不會發生。

　　沒有一個文明能夠在它的風俗習慣裏完全使用到所有人
類行為潛在的可能性範圍。人類有很多可能發出來的語音，
但是所以會成為某一種語言，就在於為了使言語溝通成為可
能，某些語音被選擇和標準化了；同樣地，每一種組織行為，
包括從當地服裝與房屋的樣式到一個民族倫理與宗教的諺
語，都在於它們從可能的行為特性裏所作的同樣的選擇。在
經濟義務或性禁忌的領域裏，這個選擇就和語音領域裏所作
的選擇一樣，是一個非理性和潛意識的過程。這個過程是在
一個群體裏經過長久的時間進行的，它受到無數孤立的偶發
事件或與其他民族接觸所發生的偶然事件所限定。對於任何
想要徹底把握的心理學研究而言，不同的文化在歷史的序列
裏如何從這麼大量的潛在行為裏選擇它們自己的內容是饒富
意義的。

　　每一個社會在開始的時候因為某一方面的輕微傾向，在
接著的發展中就把它的這個偏好擴大了，它在它所選定的基
礎上結合更多元素，使自身更為完整，並且拋棄那些不同質
的行為模式。那些我們認為當然是不正常的人格結構正是在
它們組織生活的基礎上被不同的文明所使用的；我們的正常
的個人所珍視的特質在這些不同結構的文化裏反而要被認為
是離經叛道的。簡言之，所謂的正常，從大視野來看，是由
文化所定義的。它是任何文化在社會上經過一番雕琢所產生

的人類行爲片斷的代稱；而不正常則是特定文明所不使用的人類行爲片斷的代稱。我們看問題的眼光受到我們自己社會長期的傳統習慣所制約。

這一點涉及到倫理學的問題多於涉及到精神醫學的問題。我們不再從本然如此的人性結構推導我們所在的地域與時代的道德，因爲這是錯的；我們不再把這種結構提升爲一個第一原則。我們承認道德因社會而異，它是一個社會要贊成某些習慣所使用的方便名稱。人類總是喜歡說「這在道德上是善的」，而不說「這是習慣如此」。人類的這種傾向本身就足以作爲倫理學批評的材料。但是究其實，在歷史上，這兩個說法根本是同義的。

正確地說，正常的概念就是善概念的一個變形，也就是社會所贊成的。對一個社會而言，一個正常的行爲就是一個乖乖地落在它所期望的界限內的行爲。它在不同民族的歧異性基本上是由不同的社會爲它們所塑造的行爲型式的歧異性在作用，因此絕不能脫離文化結構的行爲類型來作考量。

每一個文化多多少少是對它所選擇的行爲片斷之潛在可能性的進一步雕琢。只要這個文明維持相當的整體性與一致性，它就會依據它本來的性質，把它最初的衝動進一步發展下去，成爲某一特定的行爲類型，而從其他文化的觀點來看，那些進一步的發展就包含越來越多極端的和離經叛道的特質。

這裏的每一種特質都是爲了文化的正常性，都強化了該文化所選擇的行爲類型。和這個類型一致的個人，不管是天生就如此，還是因爲在他們孩童時代矯正的結果，都成爲和這個文化相配的支持者，他們的特質在另一個結構不同的社會也許會遭到鄙視或斥責，但是在這個社會裏就全然沒有這

個問題。另一方面，那些性格和社會所選擇的行為類型不同質的個人則成為離經叛道者，不管他們的人格特質在相對的文明裏有多麼的價值。

那個不太會懷疑別人可能欺騙他，又喜愛工作和幫助別人的都卜人，在他們的社會裏就被看成是神經病，是傻瓜。而在西北岸，一個不用侮辱競賽的方式來理解生活的人則會碰到從文化的無情所生的一切困難。一個不喜歡侮辱別人，也不喜歡被人侮辱的人，一個和善親切的人——這樣的人在他的社會裏誠然可以有某些非制式地獲得滿足的方式，但是卻絕對得不到他的文化所要求於他的主要定型化反應的支持。如果他出生在一個有特殊背景的家族，又在這個家族裏具有舉足輕重的身分，那麼他要成功就只有扭曲他自己的人格。如果他不成功的話，他就成了他文化的叛徒；也就是說，他不正常。

我提到說每個人都有某些行為類型的傾向，這種傾向一旦表現出來，可能就跟他所屬的文化裏制式化的行為類型相對立。從一切我們所知的文化來看，每一個社會似乎都一定會發生一些不一樣的傾向。到現在為止，我們還看不到有關於這方面的研究，但是從現有可用的資料來看，這些不一樣的傾向似乎是具有普遍性的。也就是說，在一個有足夠數量的個人樣本可以觀察到的人類行為當中，是有一個確定的範圍的。但是行為類型在不同社會裏所占的比率則不是普遍的。在任何一個群體裏，絕大部分的個人都被型塑成為他們文化的一個樣子。換言之，大部分的人對於他們所屬社會的強制力都具有可塑性：在一個重視迷幻境界的社會裏，如印度，人們就會有超乎正常人的經驗；而在一個把同性戀制度化了的社會，他們就變成同性戀者。離經叛道的人，不管他

所屬的文化所集結的是哪一種行爲類型，則永遠是少數人。
而且要把可塑的大部分人變成我們認爲脫離常軌的「正常」
人——例如指涉的**迷幻狀態**(delusions of reference)
——似乎要比爲他們塑造諸如**可學習性**(acquisitiveness)一
類我們可以接受的行爲類型要來得容易。在所有的文化裏，
少數的離經叛道幸好並不是建立在正常之上的社會必然的本
能所作用的結果，而是普遍的事實所作用的結果，這個普遍
的事實在大部分人身上隨時可能以任何表現在他們眼前的面
貌出現。

＊本文譯自潘乃德〈人類學與異常〉 "Anthropology and the
Abnormal", *Journal of General Psychology,* 10, 1934. 經
Helen Dwight Reid Educational Foundation 同意轉譯。
Heldref Publication 出版，4000 Albemarle St., N. W.,
Washington, D. C. 20016. Copyright © 1934.

焦點議題

1. 何爲潘乃德所謂的正常與不正常？它們和倫理學有何
   關聯？
2. 潘乃德認爲道德是什麼？她最後對人類行爲傾向的範
   圍所作的結論有什麼意義？她說「行爲模式在不同社
   會裏所占的比例則不是普遍的」是什麼意思？

⑥ 倫理客觀主義的防衛*

Louis P.Pojman 原著　　陳瑞麟　譯

Louis P.Pojman，密西西大學的哲學教授，主要研究
領域爲宗教和倫理哲學。本文摘自其選編的《倫理
學：發現對和錯》(*Ethics: Discovering Right and
Wrong*)。

　　在本文中，Louis P.Pojman 首先把倫理相對主
義的結構分析爲由兩個論題所組成：**多樣性**
(diversity)論題和**依賴性**(dependency)論題。隨後檢
查倫理相對主義的兩種類型：**主體主義**(subjectiv-
ism)和**約成主義**(conventionalism)，兩者皆被嚴重
的問題所困擾。他指出一個把相對主義的洞察加以
考慮的方式，從而堅持一個客觀主義的立場，末尾
處他提出有關爲什麼人們被相對主義論點所誤導的
建議。

　　　　一個教授能夠絕對確定的一件事是：幾乎每個
進大學的學生都相信、或說他相信，真理是相對的。
如果這個信念被提出來檢驗，吾人能指望學生的反
應是：他們將不理解。無論是誰都不該視這個命題
為自明的使他們驚訝，即使他正召求 2＋2＝4 這個
問題……他們被教以去害怕絕對主義所造成的危險
不只是誤差而是不可容忍。相對主義必然開放並且
這是美德，唯一的美德──五十多年來所有的初級
教育都致力於灌輸這一個觀念。(Alan Bloom, *The
Closing of the American Mind*)

　　在十九世紀時，基督宗教的傳教士常慣於強迫在非洲和
太平洋群島某些地區的異教種族改變他們的習慣。他們被公
開裸露、一夫多妻或一妻多夫、在安息日工作、殺嬰等習慣
所驚駭，於是父權式地著手去改造這些「可憐的異教徒」。他
們使這些人們穿上衣服、從一夫多妻的丈夫那兒隔離第二個
之後的妻子以便創造一夫一妻的家庭。使安息日成為休憩
日，並且終結殺嬰。在這個過程中，他們常常造成社會不安，
致使被隔離的女人絕望並把她們的孩子變成孤兒。這些原始
人們通常不瞭解這個新宗教，但順從於白人力量而接受它。
白人有槍和醫藥。

　　自從十九世紀以來，我們在瞭解文化歧異性上已有進
步，並且體認到由**做好事者**(do-gooders,不切實際的社會改
革家)所造成的社會不和諧乃是一件壞事。在二十世紀，人類
學已暴露了我們對**種族中心主義**(ethnocentrciism)──透
過我們文化信念和價值的眼光來解釋所有實在界的偏頗觀點
──的偏愛。我們已在遍及世界的社會實踐中看到了巨大的

多樣性。

　　一些愛斯基摩部族允許他們的長輩因饑餓而死，在我們看來卻是道德上的錯。古希臘的斯巴達人和新幾內亞的都卜人(Dobu)相信偷竊在道德上是對的，但我們相信它錯。過去和現存的很多文化，都做過甚或依然在實行殺嬰。東非的一個部族曾經把畸形嬰兒丟給河馬，但我們的社會譴責這種行為。性事則因時間和風土而變化；一些文化承認，而其他的文化則譴責同性戀行為。某些文化，包括穆斯林(Moslem，回教徒)社會，實行一夫多妻制，基督宗教文化則視它為不道德的。潘乃德描述美拉尼西亞的一個部族把合作和親善看成罪惡，圖恩布爾(Turnbull)記載北烏干達的伊克人(Ik)對他們的孩子和雙親沒有責任感。還有社會以為孩子去殺死（有時用勒死）他們上了年紀的雙親是一項責任。

　　古希臘的歷史學家希羅多德告訴我們波斯王達利阿斯的故事。有一次他把一些卡拉提安人(Callatians)（亞洲的部族）和一些希臘人同時叫到身邊。他問卡拉提安人如何處置他們已死的父母，他們說他們把已死的父母吃掉，而火葬他們父母的希臘人對如此野蠻的行為感到恐懼。再多的金錢也不能誘使他們去做如此大逆不道的事。然後，達利阿斯問卡拉提安人：他要給他們什麼東西才能說服他們去燒掉他們死去的父母。卡拉提安人亦十分恐懼如此野蠻的行為而乞求達利阿斯不要再說如此大逆不道的話。希羅多德因而結論說：「習慣是凌駕一切的國王。」❶

　　今日我們譴責種族中心主義(ethocentrism)──未加

---

❶ *Histories of Herodotus*, trans. George Rawlinson (New York: Appleton, 1859), Book 3, Chapter 38.

批評相信自己文化的天生優越性——就像種種同等於**種族主義**(racism)和**性別歧視**(sexism)的偏見一般。在一個文化中對的事物可能在另一個文化中是錯的，在河流東邊是好的可能在西邊就變成壞的，在一個民族中是美德可能在另一個國族中被視為惡行，所以我們不應當去審判他者而應容忍歧異。

西方種族中心主義的拒絕已經助長了有關**道德**(morality)的公眾意見之轉移，以致越來越多數量的西方人，有意識地提出有關另一種生活方式的有效性，漸漸地侵蝕道德客觀主義的信念——道德客觀主義的觀點是有著普遍的道德原理，對所有時間和所有地域的所有人們都是有效的。譬如，過去幾年來，在我的倫理學和哲學導論課程（在三個不同的大學，三個國家之不同的地區）所作的問卷調查中，肯定道德相對主義版本和肯定道德絕對主義版本的學生比例是二比一。幾乎只有百分之三考慮這兩個流行的對立觀點之間的立場。當然，我並不是在說所有的這些學生都清楚地瞭解了相對主義所蘊涵的東西。很多人說他們是倫理相對主義者也可能說（在相同的調查問卷中）「除了拯救母親的生命外，墮胎總是錯的。」以及「死刑總是道德上的錯。」或者是「自殺從不是道德上可容許的。」這些明顯的矛盾指出了在事情上的明顯混淆。

我想論證倫理相對主義是一個錯誤的理論，而且文化差異並不能展示從一個道德透視觀點來看，所有的生活方式都是同等有效。的確，如果我們倫理相對主義是真的，將導出倫理學的死亡。儘管文化的分歧，總有其普遍有效的核心道德。我稱這核心道德為「道德客觀主義」以便和道德絕對主義與道德相對主義兩者區分開。

相對主義的分析

　　倫理相對主義是一個主張沒有普遍有效的道德原則之理論；所有的道德原則都相對於文化或個人選擇。相對主義的類型有兩種：**約定俗成主義**(conventionalism)主張道德原則相對於文化或社會，而**主觀主義**(subjectivism)堅持個人選擇決定了道德原則的有效性。我們將從約成主義開始。布朗大學(Brown University)的哲學家拉德(John Ladd)以如下的方式定義約成的倫理相對主義：

> 倫理相對主義主張行為之道德對錯會隨著不同的社會而改變，沒有絕對普遍的道德標準能約束所有時代的所有人們。據此，它堅持一個個人的某一定方式之行為，是否為對，依恃於或相對於他所隸屬的社會而定❷。

　　根據拉德，倫理的相對主義由兩個論題組成：⑴**多樣性論題**(diversity thesis)，它特定了凡是被視為道德的對和錯者，會因不同社會而改變，以致沒有為所有社會所接受的道德原則；⑵**依賴性**(dependency)論題，它特定了所有道德原則都在文化的接受中得到它們的有效性。從兩個觀念，他結論並沒有普遍有效的道德原則，以及應用於所有時代和每一個地方的所有人之客觀標準。

　　第一個論題，多樣性論題，或可單被稱作**文化相對論**(cultural relativism)，是一個人類學的論題，指出不同的社

---

❷*Ethical Relativism* (Belmont, CA:Wadsworth, 1973),p.1.

會中有不同的道德規則這事實。如同這篇論文一開始所提及
的，在一已知社會中可以被視為道德原則的，存在著巨大的
多樣面貌。人類的條件極端地易於塑造，容許任何數目的**民
俗**(folkway)或道德符碼。如同潘乃德所寫的：

> 任何文明的文化樣型都運用了呈現為鉅大弧形的潛
> 在人性目的和動機之某一定的小片段……任何文化
> 都運用了某種篩出的物質技術或文化特色。所有的
> 人類行為都沿著它而分佈的這個大弧，非常非常地
> 巨大且充滿矛盾，以致任何一個文化都無法利用它
> 的任何相當比例。選擇是第一要件。❸

　　第二個論題，依賴性論題斷定個人的行動是對或錯依賴
於他們所屬的社會之本質。凡是被視為道德地對或錯的必定
在一個脈絡中被看待，依恃於這社會對該議題的目標、欲望、
信念、歷史和環境而定。如同孫訥(William Graham Sun-
ner)所說：「我們學習道德教訓和我們學習走路、聆聽和呼
吸同樣地無意識，而且這些教訓也從不知道理由是什麼：為
什麼它們是現在所表現出來的那樣。它們的證成是當我們對
生命意識覺醒的時候，我們發現它們事實上已經在傳統、習
慣和癖好的結合中掌握了我們。」❹試圖從一個獨立、非文

---

❸*Pattern of Culture*(New York:Houghton Mifflin, 1934),p.219.

❹*Folkways*(New York:1906),Section 80.潘乃德以這方式指出我們
　文化限制的深度：「正是我們用來看問題的眼睛被我們自己社會長
　遠的傳統習慣所約制著。」"Anthropology and the Abnormal,"
　Journal of General Psychology,1934),pp.59-82 .

化的觀點來看待事物，就好像取出我們的眼睛以便檢查它們的輪廓和品質。我們只是受文化決定的生物。

在一個意思上，我們都活在截然不同的世界裡。每個人都有不同的經驗和信念集合，也有一個特殊的透視觀爲他或她的一切知覺染上色彩。農夫、房地產掮客、藝術家，注視著同一塊時空區域時，看到相同的場域了嗎？不可能。他們的不同傾向、價值觀和期望統領了他們的知覺，以致這場域的不同層面被凸顯，而且某些特徵則被遺忘。即使我們的個人價值起自個人經驗，如此的社會價值被奠基在社群的特別歷史中。那麼，道德只是已贏得我們社會長久認可的共同規則、習慣，和習俗之集合，以致它們似乎是事物本質的一部分，像事實一樣。有什麼關於這些行爲符碼的神秘或超驗事物，它們就是我們社會歷史的結果。

沒有絕對或客觀的道德標準束縛在所有人們之上的結論，從首兩個命題中被導引出來。文化相對論（多樣性論題）加上依賴性論題產生了古典形式的倫理相對主義。如果從文化到文化之間有不同的道德原則，而且如果所有的道德都根植在文化之中，則它將引出沒有普遍的道德原則對所有時代的所有文化和民族都是有效的。

主觀的倫理相對主義（主觀主義）

一些人認爲即使這個結論仍太溫和，堅持道德並不依賴於社會而是依賴於個人——他或她自己。如同學生們有時會堅持：「道德在觀看者的眼中。」海明威寫道：「關於道德，迄今，我只知道，道德的就是你感到好的，然後，不道德的就是你感到壞的，然後，由這些道德標準來判斷。我不想抗

拒，鬥牛對我來說是非常道德的，因為當它進行時，我感到非常愉快，而且有一個生命和死亡、道德和不道德的感覺，隨後我對整個感到非常傷心但非常好。」❺

　　道德主觀主義有令人遺憾的結論，它使道德成為一個無用的字眼，因為在這個前提上，很少或沒有跨個人間的批判或判斷在邏輯上是可能的。海明威對在鬥牛中殺一頭牛可能感到很好，而史懷哲（Albert　Schweitzer）或德蕾莎修女（Mother　Teresa）可能感覺相反。關於這事實，沒有一個論証是可能的。判斷海明威或其他任何一人是錯的基礎在於如果他無法依自己的原則而生活。但，海明威的原則之一當然可能有偽善在道德上可容許（他對之感覺良好），如此他將不可能犯錯。對海明威來說，偽善和非偽善兩者都是可容許的。在主觀主義的基礎上，希特勒和甘地都同樣地道德，只要他們每個人都相信他們按自己的選擇而活。道德的善和惡、對和錯，不再有跨個人之上評價意義。

　　哥倫比亞大學（Columbia　Uni.）教授摩根貝瑟（Sidney Morgenbesser）一度教過一班哲學學生，他們熱烈論證主觀主義。當時教授作了一場考試後，把卷子發回給學生，每一張卷子上的評分都是「F」〔美國評量制度中最低等級〕──即使他的評論顯示了大部分的答卷有非常高的品質。當學生在這個不公正（injustice）的舉措上表示了他們的憤怒時，摩根貝瑟回答說他在考試的目的上接受了主觀主義的觀念，在這個情形下，正義的原則並不具客觀有效性。

　　荒謬的結論從主觀的倫理相對主義中導引出來。如果它是正確的，道德便還原到美感品味之上，超出它之外則不能

---

❺*Death in the afternoon*（New York:Scribner's, 1932）,p.4.

有論證或跨個人的判斷可言。雖然很多人說他們抱持這種立場，但似乎和他們其它的道德觀點互相衝突（譬如，希特勒實在是道德上的惡，而死刑總是不對的）。在主觀主義和它設定去刻劃的道德概念之間，似乎有一個矛盾，因為道德所關切的是跨個人間的衝突之「適當」解決和人類困境的改善。不管它是其它什麼東西，道德有一最小的目標，防止混沌狀態的出現，在混沌狀態中生命是「孤寂、貧困、卑微、野蠻和短暫」。但主觀主義一點也無助於此目標，因為它並不依恃於原則的社會論點（如約成主義者所堅持的）或依恃於一規範之客觀獨立的集合，它為了共同的善而規範了所有人們。

　　主觀主義把個體看做為在社會平檯上的彈子球，它們只能在其上激烈地碰撞，每一個首先對準自己的目標並在其它夥伴當中努力去做到它。這個**個人性**(personality)的原子式觀點對照於我們發展成家族和互相依賴的社群，在其中我們分享一共同語言、共同制度、習慣，以及通常我們也分享每一個其他人的歡樂和悲傷。如同東訥(John Donne)所說：「沒有人是一座孤島，整個它自己；每一個人都是大陸的一小塊。」

　　基進的個人相對主義(radical individual relativitism)似乎不融貫。所以這唯一合理的倫理相對主義之形式必定是將道德奠基在群體或文化內。這個相對主義的形式叫約成主義，我們先前已討論過它，現在再回頭來談它。

約成的倫理相對主義（約成主義）

　　約成倫理相對主義——沒有客觀的道德原則，但所有有效的道德原則都透過它們文化的接受而證成這個觀點——承

認了道德的社會性本質。那正是它的權能和特徵。它並沒有困擾主觀主義的荒謬結果。由於認知到我們社會環境在普遍的習慣和信念中之重要性，很多人假設倫理相對主義是正確的倫理理論。進一步，他們被它自由的哲學姿態所吸引，它似乎是對「**種族中心主義的罪惡**(sin of ethnocentricity)」之一個啓蒙的回應，而且似乎蘊涵或強烈地意味著一種對其它文化的包容態度。如同潘乃德說，在認知倫理相對主義時「我們將達到一個更真實的社會信仰，接受它爲共存且同等有效的生活樣型──人類已從存在之天然物質中爲它自己所創造出來的生活樣型──之寬容的基礎和希望的根基。」❻抱持這立場最著名的人是人類學家赫斯寇維茲(Melville Herskovits)，他甚至比潘乃德更明顯地論證倫理相對主義蘊涵了跨文化的包容❼。

這個觀點擁有一個矛盾。如果沒有道德原則普遍有效，包容又如何能是普遍有效的？如果道德單單是相對於每一個文化而且如果有一個文化沒有包容原則，那麼它的成員沒有義務是包容的。赫斯寇維茲似乎把**包容原則**(principle of tolerance)視爲他的相對主義之一例外──做爲一絕對的道德原則。但從一相對主義的觀點，包容比不包容並沒有更充分的理由，也非其立場比另一個在客觀上的道德地位更優越。

不只相對主義者無法提供一個批判不包容者的基礎，而且他們也不能合理地批判任何一個信奉他們可能視爲罪惡原理的人。如果（似乎正如這事實）有效批判預設了一客觀或

---

❻*Patterns of Culture*, p.257.

❼*Cultural Relativism* (New York: Random House, 1972).

非局部的標準，那麼相對主義不能批判外在於他們自己文化的任何人。希特勒的集體大屠殺，只要它們被文化所接受，如此和德蕾莎修女的博愛工作一樣是道德上合法的。如果約成的相對主義被接受，那麼，種族主義、反潮流的少數民族之集體大屠殺、壓迫貧窮、奴役、甚至倡導戰爭，爲了它們自己的理由，和它們的對立立場都同樣地道德。如果有一次文化決定發動核子戰爭在某個方式上看來是可接受的，我們無法道德地批判這些人。任何實際的道德，不管它的內容是什麼，都和每一個其它的道德一樣有效，甚至比理念性的道德更有效——因爲後者並不依附於任何文化。

　　倫理的相對主義還有其它的令人困擾的結論。它似乎蘊涵改革者總是（道德上地）錯，因爲他們反對文化傾向。如此威柏福斯（William Wilberforce）在十八世紀反對奴隸制度是錯的，而英國在反對印度的寡婦殉葬一事上也是不道德的（火焚寡婦現在在印度已不合法了）。早期的基督徒拒絕服役於羅馬軍隊或者膜拜凱撒也是錯的，因爲在羅馬帝國裡大部分的人都相信這兩個行爲是道德上的義務。事實上，耶穌自己是不道德的：他在安息日施行治療行爲而破壞法律，並且倡議**登山寶訓**（Sermon on the Mount,出於馬太福音）中的所表達的〔道德〕原則，因爲很少人在他的（或我們自己的）時代接受這些原則。

　　然而我們通常感到相反：改革者是有勇氣的革新者，他是對的，他有眞理，反抗無心靈的大眾。有時個人必須站在眞理一旁，冒著社會輿論和迫害的危險。在易卜生（Ibsen）的《人民公敵》（*Enemy of the People*）裡的史托克曼醫生（Dr. Stockman），宣稱他城市的商業利益污染了旅遊的溫泉勝地而引發一場鬥爭，在他輸了這場鬥爭後，感慨地說：

「在我們之間，眞理和自由最危險的敵人是──**緊密的多數人**(compact majority)。是的，就是該死的、緊密的且過多的多數人。多數人**有力量**(might)──但它是不對的。對的人是──我和很少的其他人。」然而，如果相對主義是正確的話，相反的必然也是事實。眞理伴隨著怯懦，而個人的意見必是錯誤。

　　道德的有效性依恃於文化的接受這觀念甚至有一更基本的問題。問題是「文化」或「社會」相當有名地難以定義。在一個像我們社會一般的多元社會裡特別是如此，文化和社會似乎是模糊的，而且沒有清楚的邊界。一個人可能同時屬於幾個有著不同價値強調和原則配置的社會（次文化）。一個人可能屬於做爲單一社會的民族國家，有著愛國、榮譽、勇氣和法律（世紀某些爭議中，但受多數人接受的法律，像墮胎的法律）等價値。但一個人也可能屬於反對某些國家法律的教會。他或她也可能是一個在不同原則間搖擺的社會性地混合社群的組成份子；而且也可能屬於一個有其它規則的社團或家庭。相對主義似乎將告訴我們說這些人們同屬有著衝突道德的社會之成員，不管他們做了什麼，他們必定被判爲旣對又錯。譬如，假設瑪莉是美國公民而且也是羅馬大公教會（天主教）的一員，做爲一天主教徒，如果她選擇墮胎的話她就錯了；但做爲一美國公民，如果她反對教會在墮胎上的教諭她並沒有錯。做爲一個種族主義組織，三 K 黨(Ku Klux Klan, KKK)的成員，約翰沒有義務平等對待黑人公民；但做爲大學社區（平等權利的原則被接受）的成員，他有此義務；但做爲白人優越社區（拒絕平等權利原則）的成員，他又沒有如此義務；再次，做爲整個國族的成員，他有義務尊重他的同伴。對約翰而言，他做什麼是道德上的對？

這個問題在這樣的道德巴別塔（moral Babel）中不再有意義了，它已失去引導行動的可能。

　　或許相對主義者將贊同一項原則說，在如此情況下，個人可以選擇其中一個團體做為基準。假如瑪莉選擇墮胎，相對於那條原則，她正選擇屬於一般社會。而約翰必須以同樣的方式在團體間作選擇。這個選擇的麻煩是它似乎導向一個違反直觀的結果。假如一個有組織的謀殺幫派之成員古斯（Gus），想殺掉銀行總裁歐特卡而且對這件事感到很好，他認同這有組織的謀殺社會而不是一般的公共道德。這證成了該謀殺嗎？事實上，吾人不能單由形成一個支持某件事的小次文化來証成任何事。梅森（Chasrles Manson）只要藉由形成一個小集團，就可在殺害無辜者中變成道德上地純潔。為了成為一個合法的次文化或社會，這個團體必須要多大？它需要十或十五個人？只有三個又如何？進一步想想這個：為什麼我和我的偷竊夥伴不能夠建立一個我們自己的社會而有它自己的道德？當然，假如我的夥伴死掉了，我仍可宣稱我是根據一個有組織的社會規範集合在行事。但為什麼我不能乾脆全然免除跨個人的同意而發明我自己的道德——既然在這個觀點上，道德只是一項用任何方式而來的發明？約成的相對主義似乎還原到主觀主義上。而如同我們已看到的，主觀主義導向一個道德的死亡。

　　相對主義錯在那裡？我認為相對主義犯了一個沒有正當理由的滑轉，即從(1).觀察到不同的文化有不同的規則，滑轉到(2).結論說沒有文化的規則集合比任何其它的文化的其它規則集合或甚至理想的規則集合更好。但某些規則集合比其它的規則集合更好相對於道德的目的。如果我們假設道德符應於一組社會目的，並且道德目的是社會的生存、減輕受苦、

人類繁盛的鼓舞、利益衝突的恰當解決，這些目的將產生一
組共同的原則，它們可以支持由人類學家威爾森(E. O. Wil-
son)所報導的某些文化差異。威爾森已辦認了很多共同的特
徵，而且在他之前，克拉克宏(Kluckhohn)已注意到某些重
要的共同的基礎：

> 每一個文化有都有**謀殺**(murder)的概念，並把它和
> **執行死刑**(execution)、**戰爭中的殺人**(killing in
> war)、和其它「**有正當理由的殺人**(justifiable hom-
> icide)」區分開。**血親相姦**(incest)和其他規制性行
> 爲的觀念、在確定的環境下禁止**不誠實**、**賠償**(resti-
> tution)和**回報**(reciprocity)、雙親和子女間的相互
> 義務——這些和很多其它的道德概念是普遍的。**❽**

曾經描述北烏干達之性虐待的、半逃難式的伊克人，被
視爲有著民族並沒有和善與合作原則的証據，圖恩布爾已再
提出証據指出在這個垂死社會表面的底層，有一個較深的道
德符碼，它來自這部族一度繁榮的時代。偶然，這個較深的
符碼浮出表面，顯出它較高尙的一面。

非相對主義能接受道德原則被應用在種種文化時一定的
相對性，依恃於信念、歷史和環境。譬如，由於缺乏自然資
源的粗糙環境使得愛斯基摩人的安樂死標籤，對客觀主義者
而言有了正當理由，他們在另一個環境下將會一致地拒絕這
行爲。希臘人和卡拉提安人以不同的方式處置他們的雙親，
但這並不證明約成主義是正確的。實際上，兩個團體似乎信

---

❽"Ethical Relativity: Sic et Non", *Journal of Philosophy* 52, 1955.

奉共同的原則：尊敬長輩。至於在如何表現尊敬上則能有程度之別。

在蘇丹有一個部族的成員把他們的畸形小孩丟到河裡去，因為他們相信如此嬰兒屬於河馬──河流之神──所有。我們相信他們對這件事有一個錯誤的信念，但這一點是尊重財產和尊重人類生命的原則，在一個相反的行為上被操作。他們之不同於我們只是在信念上，而不是在實質的道德原理上。這是一個例證：非道德的信念（譬如，畸形嬰兒屬於河馬）應用到共同的道德原理（像是把他或她應得的歸給他或她）時，如何在不同的文化中發生不同的行動。

在我們自己的文化裡，有關胎兒的地位的信念差異發生了相反的道德觀點。墮胎權運動和反墮胎者一致同意殺一個無辜的人是錯的，但在是否胎兒具有**人格**（person）（有生命權利的某人）的事實（非原理）認定上卻不致。羅馬公教會相信胎兒具有人格因為它有靈魂，而大部分自由的新教徒和世俗主義者則拒絕這項認定。墮胎是一項嚴重的道德議題，但將我們分割成不同主義的不是道德原則，而是原則應該如何被應用的問題。反墮胎者相信不該殺無辜的人這項原則適用於嬰兒，墮胎權者則否──但他們並非在基本原則上不一致。

相對主義者可能答覆這一點而論證說，就算我們通常分受較深層的原則，但我們並不總是分受它們。一些人們可能根本就沒有生命價值的觀念。我們如何能證明他們錯？誰能說那一個文化為對而那一個是錯的？這個答覆似乎是可疑的。我們能推理和執行思想實驗以便為一個系統在另一個系統上製造一個案例。我們可能無法確定地知道我們的道德信念比另一個文化或在我們文化內的其它信念更接近於真理，

但我們可以有**正當的理由**(justified)來相信它們是如此。假如我們在有關事實或科學事務上能趨近於眞理，爲什麼在道德事務上我們就不能更接近於眞理？爲什麼一個文化在有關它的道德知覺上就不能錯的或混淆的？爲什麼像伊克人這樣一個社會，不覺得很愉快地看著它自己的孩子掉進火裡有什麼錯時，我們就不能說它比起珍視孩子、保護他們並允許他們有同等權利的文化，要來得不道德些？採取如此一立足點並不是犯了種族中心主義的謬誤，因爲我們尋求透過批判理性導出原則，而不只是未加批判地接受自己的一切。

道德客觀主義的案例

迄今的討論大致上否定、反對相對主義。現在我想提出一積極的例子，以支持道德原則的核心集合對一個好的社會和好的生命是必然的。

首先，我必須澄清我區分了**道德絕對主義**(absolutism)和**道德客觀主義**(objectivism)。絕對主義者相信有著不可逾越的道德原則從不該被違犯。康德的系統就是一好例子：不管如何，吾人從不該失信或說謊。可是，客觀主義者並不需要置定任何不可逾越的原則，至少不在未受檢定的普遍形式上，如此不需是個絕對主義者。如同邦布洛夫(Renford Bambrough)所言：

> 提議道德問題有一個對的答案，立刻就被指控或相信有一個絕對道德的信念。但，爲了相信道德客觀性而相信道德絕對性比起爲了相信時空關係的客觀性和對它們作判斷的客觀性就去相信絕對時間和絕

對空間的存在，並不更具必然性。❾

在客觀主義者的說明中，道德原則是牛津大學哲學家羅斯 (William Ross, 1877-1971) 指稱的**初步原則** (prima facie)，它是應該普遍被信奉的行為規則，但可以在道德衝突的情況中被另一個道德原則所逾越❿。譬如，**正義** (justice) 原則一般勝過**慈善** (benevolence) 原則，但有時犧牲一小量的正義能換來巨大的好處，則客觀主義者應該傾向於根據慈善原則而行事。可能有絕對或不可逾越的原則（的確，我提及的下一個原則大概就是），但對客觀主義而言，不需任一個或很多個都為真。

假如我能建立或展示至少相信一條客觀的道德原則在某個理想意義上約束了每一個地方的所有人們，則我將論證出相對主義大概是假的而一個有限的客觀主義是真的。實際上，我相信很多合格的普遍道德原則約束了所有理性的存有者，而一個就足以拒斥相對主義。我所選擇的這條原則如下：

1. 為樂趣而殘害人們是道德上的錯。

我主張這條原則約束了所有的理性行為者。假如某個行為者 S 拒絕了原則 1.，我們不該讓它影響我們對原則 1. 為真的直觀，反而應嘗試說明 S 的行為是乖謬的、無知或不合理的。譬如，假如希特勒不接受原則 1.，這應該影響我們對它為真的自信嗎？推論希特勒是道德上的偏差、盲目無知或不合理，比起假設他的不順從是反對原則 1. 的證據，不是更合

---

❾ *Moral Skepticism and Moral Knowledge* (London: Routledge & Kegan paul, 1979), p.33.

❿ *The Right and the Good* (Oxford: Oxford University Press, 1931).

理嗎？

　　進一步，假設一個希特勒式的部族享樂於殘害人們。這整個文化接受了殘害其他人當作樂趣的觀念。假設德蕾莎修女和甘地試圖說服他們應完全停止殘害別人，卻失敗了，他們反而用殘害德蕾莎和甘地來回答。但這應該影響我們對原則1.的自信嗎？為希特勒式的行為尋求某種說明不是更合理嗎？譬如，我們應該假設這部族缺乏**同情共感的想像之感覺**(sense of sympathetic imagination)的開發，而它對道德生活是必要的。或者我們可以理論地說明這個部族比起大部分的人種是在一較低層的演化階段。又或者，我們可以簡單地結論這部族比起大部分的社會更接近於霍布士式(Hobbesian)的自然狀態，它本身大概不能生存。至於為什麼這部族表現出這樣一種壞的行為，我們不需知道正確的答案，才能堅持我們對原則1.是道德原則的自信。如果原則1.對我們而言是基本或核心的信念，我們將可能懷疑希特勒式的人在道德思考方面的能力或健全性，而不是懷疑原則1.的有效性。

　　我們或許能為我們最小的基本客觀道德集合提出其它的候選者。譬如：

　　2.不可殺無辜的人。

　　3.不可造成痛苦或受難，除非有一個更高責任的指示。

　　4.不可強姦。

　　5.遵守你的承諾和契約。

　　6.不可剝奪另一個人的自由。

　　7.公正；以平等對待平等者，以不平等對待不平等者。

　　8.說實話。

　　9.幫助他人。

10.遵守法律。

原則1.到10.是核心道德，善良生活的必要原則。幸運地，從1.到10.並不是任意的原則，因爲我們能提出理由說爲什麼我們相信這些規則對一完滿的社會秩序而言是必要的。做爲黃金規則的原則，像不可殺無辜的人、平等地對待平等者，說實話、信守承諾等等，可能是倫理學所相關的社會互動和解決衝突的流動過程之中心（至少是相關於道德之最小部分，即使比起單單這些種相關點還可能有更多相關於道德上的地方）。譬如，語言自身依賴於對說實話之原則的普遍且內蘊之許諾。表達的精確性是真實性的始源形式。因此，每一次我們正確地使用字詞，我們便說了實話。沒有這個行爲，語言將不可能。同樣地，沒有信守承諾的認知，契約就變得不可行，而合作也少有可能發生。沒有生命和自由的保護，我們不可能保障我們其它的目標。

如果一個道德體系擁有這些核心道德之原則，它將是適當的，但能有超過一個以上的道德體系，以不同的方式應用這些原則。也就是，在**次要原則**(secondary principle)（是否較傾向於一元主義而不是多元主義、是否在道德責任的集合上包括了高度的利他主義、是否上提倡更多資源給予醫療照顧而不是環境關懷、是否要求開在道路左邊或道路右邊，如此等等）可能有某種相對性。但在每一個道德體系中，都將保持著一確定的核心，而應用到不同的事物上，但會因爲環境、信念、傳統等等有所差異。

核心道德規則類似於健康食譜中核心的維他命。我們需要對每一種維他命做適當的說明——某些人需要其中一種比其它種更多——但在營養食譜的處方上，我們不必展示烹調法、特殊的食物、配方或者烹飪習慣。饕客、美食家、素食

者可能有不同的需求，但基本養分可能不需要硬性的搭配或一絕對的烹飪組合還是可以擁有。

假設你已經奇蹟式地被運送到黑暗王國的地獄裡，在那兒你瞥見受譴責的人的受苦。什麼是他們的懲罰？好的，他們的背部總是感到像潮水般沟湧而來的癢痛，而且這個感覺是永久的。但他們不能搔他們的背部，因為他們的手癱在前面。他們由於癢痛而身體扭曲直到永遠。但就在你開始感到你自己背上的癢感時，你突然被運送到天堂。你在這幸福王國中看到什麼了？好的，你也看到永遠背癢的人們，他們也不能搔他們自己的背。但他們全都微笑著而非扭曲著身子。為什麼？因為每一個人都伸出他們的手臂去搔另一個人的背，如此排成一大圈圈，地獄就被轉換成狂喜的天堂。

如果我們能想像某種事務或文化在相關於人類行動上比其它的更好，我們能問什麼特徵使它們如此。在我們的故事中，天堂裡的人們而不是在地獄中的人們，互助合作以減輕痛苦而產生樂趣。這些好處是非常初步的，對一完全擴張的道德體系而言則不充分，但它給了我們有關道德客觀性的暗示。道德的善相關於受苦之減輕、解決衝突，以及促進人類繁榮。如果我們的天堂實在是比地獄裡永久的癢要好，那麼不管什麼使它如此，都根本上地關係了道德的對。

倫理相對主義之吸引力的說明

為什麼〔人們〕存在著如此強烈的贊同倫理相對主義之傾向？我認為有未受重視的三個理由。一個是如下的事實：被提出來的選項常常好像只有絕對主義和相對主義是唯二的選擇，如此約成主義易因不盡合理的競爭者脫穎而出。在我

給學生的問卷調查表中寫道：「有任何在所有時代約束了所有的人之倫理的絕對事物和道德責任嗎？抑或道德責任相對於文化？除了這兩個選項外還有任何另外的選擇嗎？」只有百分之三的學生建議第三種立場，而他們之中很少人認同客觀主義。承認它採取一些哲學的精緻論辯以做出這個關鍵區分（而相對主義正是欠缺這種精緻論辯或反省，以致獲得它巨大的聲威）。但如同羅斯和其他人已展示的，也如我在這篇論文中已論證的，吾人能有一客觀的道德體系而毋需是個絕對主義者。

　　第二個理由是我們近年來對文化相對主義和種族中心主義的罪惡之敏感性，它們已困擾歐洲人和美國人對自己和其它文化的關係，使我們意識到我們的道德清單是多麼脆弱，以致我們的傾向於去想「誰能判斷什麼眞地是對或者錯？」可是，從一個合理的文化相對主義——其正確地致使我們再思考我們的道德系統——移動到倫理相對主義——其致使我們全然放棄道德的心臟——是一個犯了混淆事實或描述敍述和規範敍述的謬誤之範例。文化相對主義並不蘊涵倫理相對主義。爲什麼我們反對種族中心主義之理由是我們支持一客觀的道德系統之理由：不偏倚的理由引導我們向著它。

　　我們可以同意文化差異，而且在譴責我們所不瞭解的事物時應該要小心。但這個同意一點也不需要蘊涵著沒有更好或更壞的生活方式。至少在某些程度上，我們能理解也能諒解那些不同於我們最好的道德觀念的人們，而毋需放棄如下的觀念：沒有正義原則、承諾原則、或保護無辜的文化，就這些缺如而言，在道德上是較貧乏的。

　　第三個因素使得某些人走向**道德虛無主義**(moral nihilism)而其他人則走向相對主義，它是西方社會中的宗教衰

微。如同杜斯妥也夫斯基（Dostoevsky）的一個小說人物說：
「如果上帝死了，一切事物都可被容許了。」失去宗教信仰
的人感到深深的虛空，從而可以理解地將它和道德虛空相混
淆，或者最後可能聽任他或她自己落於世俗約成主義的形
式。如此的人推論如果沒有上帝來保證道德秩序的有效性，
必定沒有一普遍的道德秩序。只有徹底的文化歧異性和最終
的死亡。

　　但即使結果沒有上帝也沒有不朽，我們仍然想幸福地生
活、在我們的八十年的壽命中有意義地活在塵世間。假如這
是真的，則它所相關的、我們賴以生活的原則和那些贏得時
間考驗的原則，將是客觀有效的原則。

　　總之：有著道德真理，屬於核心道德體系的原則，沒有
它們社會將不能長久生存而個人也不能發展。理性能發現這
些原則，而且它是在我們促進它們的興奮當中。

　　所以「誰能判定什麼是對而什麼是錯？」我們能。我們
將在我們能夠產生的最好推論之基礎上做這種判斷，並且帶
著同情和瞭解。

　　＊本文選譯《倫理學：發現對和錯》第二章（*Ethics: Discovering
　　　Right and Wrong）(Belmont, CA: Wadsworth, 1990)

焦點議題

1. 文化相對主義和倫理相對主義的差異是什麼？
2. 相對主義者的爭論「當一個倫理相對主義者將促進寬容，因爲我們在任何道德系統中都無法看到較優越之處。」有什麼錯了？
3. 倫理客觀主義的主要論證是什麼？有某些道德優於其它的嗎？說明之。
4. 倫理客觀主義和倫理絕對主義的差異是什麼？

進階閱讀

代號：D＝義務論；U＝效益主義；C＝契約論或自我
論；O＝客觀主義；R＝相對主義；I＝直覺論

Baier, Kurt. *The Moral Point of View*. Ithaca, N.Y.:
Cornell University Press, 1958. 這本有影響力的作品以
社會控制的眼光來看最初的道德。(C) (O)

Dawkins, Richard. *The Selfish Gene*. Oxford: Oxford
University Press, second edition, 1989. 一本輝煌且充
滿想像力的論述主體的研究，從自利的觀點來捍衛有限的
利他主義。 (C)

Frankena, William K. *Ethics*. 2nd ed. Englewood
Cliffs, N.J.: Prentice-Hall, 1973. 審慎可靠的引導。(D)
(O) (I)

Gert, Bernard. *Morality: A New Justification of the
Moral Rules*. Second edition. Oxford: Oxford Uni-
versity Press, 1988. 一本對道德本性之清楚且包涵廣泛
的討論。(C)

Hobbes, Thomas, *Leviathan*. (1651) Indianapolis:
Bobbs Merrill, 1958; 契約倫理學的經典作品。(C)

Kant, Immanuel. *Foundations of the Metaphysics of
Morals*. Lewis White Beck, trans. Indianapolis:
Bobbs-Merrill, 1959. 義務論倫理學的經典作品。(D)

MacIntyre, Alasdair. A *Short History of Ethics*. Lon-
don: Macmillan, 1966. 即使不平均，卻是西方倫理學歷
史的簡明縱覽。

Mackie, J. L. *Ethics: Inventing Right and Wrong.* London; Penguin, 1976. 相對主義的現代經典級的防衛。(R)

Mill, John Stuart. *Utilitarianism.* Indianapolis: Bobbs-Merrill, 1957. 效益主義的經典作品。(U)

Nielsen, Kai. *Ethics without God.* Buffalo: Prometheus, 1973. 世俗道德之非常可行的辯護。 (U)

Pojman, Louis. *Ethical Theory: Classical and Contemporary Readings.* Belmont, Cal.: Wadsworth Publishing Company, 1989. 一本論文集，擁有在所有主要的立場上的各選文。

——*Ethics: Discovering Right and Wrong.* Belmont, Cal: Wadsworth, 1989. 客觀主義者的觀點。(O)

Quinton, Anthony. *Utilitarian Ethics.* London: Macmillan, 1973. 古典效益主義的清楚說明。 (O) (U)

Rachel, James. *The Elements of Moral Philosophy.* New York: Random House, 1986. 道德哲學最清楚的介紹之一。(O)

Singer, Peter. *The Expanding Circle: Ethics and Sociobiology.* Oxford: Oxford University Press, 1983. 充滿想像地企圖讓倫理學相關於社會生物學。(U) (O)

Taylor, Richard, *Good and Evil.* Buffalo: Prometheus, 1970. 一本生動易讀的作品，把道德的主要角色看成是利益衝突的解決。(C) (R)

Van Wyk, Robert. *Introduction to Ethics.* New York: St. Martin's Press, 1990. 最近對主體的介紹之清晰作品。(O) (attacks some versions of C)

第二部
墮　　胎

前　言

陳瑞麟　譯

今天，在我們所面對的主要社會議題中，最能分裂人類社會的是：人類胎兒的道德和合法性，以及**墮胎**(abortion)的道德可容許性之相應問題。在一方面，像羅馬天主教會和**生命權**(Right to Life)運動，被美國一年一百五十萬次的墮胎所震驚，而在一項憲法修正案上施與重大的政治壓力，以便給予胎兒完全的合法權利。這些運作在某些情況下，使得墮胎議題成為政治選戰中的唯一議題。在另一方面，像國家婦女組織、國家墮胎權利行動聯盟、和女性主義組織一類的**贊助選擇權**(Pro-Choice)團體也已在政治人物上施加巨大的壓力，督促他們支持贊助墮胎的合法權利。前兩次選舉，共和黨和民主黨在這個議題上的政綱，選擇了極端對立的兩邊。

為什麼墮胎是一個道德議題？拿掉一個受精卵──一個**接合子**(zygote)，一個微小的細胞球。就它自己而言，很難看出有關如此不顯著的事物中有什麼重要的地方。實質上無

法分辨它和其他的細胞叢、或其他動物的接合子。考慮成年人──一個我們都會直觀地感到值得尊敬、有各種權利──包括生命權的存在者種類。殺害一個無辜的人是一項謀殺行為，將會受到譴責。然而，沒有一條明顯的界限來分隔單細胞的接合子和它將變成的成人。因此，墮胎的問題是道德議題。

努南(John Noonan)以這種分析來展開他反墮胎的論點。他論證說既然殺了無辜的人總是錯的，因為胎兒是無辜的人，殺胎兒當然是錯的。他允許母親的生命處於危險狀態之間唯一非任意的分界處。

在我們第二篇選文中，為了論證的緣故，湯姆蓀(Judith Jarvis Thomson)承認胎兒有人格。運用一個精巧的類比──有關一個需要你腎臟九個月的著名的小提琴家，她論證說正如你有權利不接受這小提琴家一般，一個女人也有權利墮胎──即使胎兒是一個人。

下一篇，布羅迪(Baruch Brody)和湯姆蓀爭辯。他爭論自我防衛的權利不適用於湯姆蓀提議的方式，因為她並未分辨我們拯救X生命的責任和我們不去剝奪X生命的責任。當我們考慮這個區別時，母親沒有權利為了重新控制她的生命而墮掉胎兒。在他論文的最後部分，布羅迪陳述了一個更溫和的進路。

在我們接續的文章中，娃荏(Mary Anne Warren)反對努南，爭論說胎兒不具人格，因為人格必須有自我意識和理性一類的特徵，而胎兒沒有。

在本書的最後一篇文章裏，甘斯樂(Harry Gensler)訴諸於**金科玉律**(Golden Rule)以論證墮胎是錯的。

① 墮胎在道德上是錯的*

John T. Noonan, Jr. 原著　　陳瑞麟　譯

　　努南(John T. Noonan, Jr.)加州柏克萊大學法
律系教授、羅馬天主教會的哲學家，著有《避孕：
天主教神學家和教規學家對它的處理歷史》(Con-
traception: A History of Its Treatment by the
Catholic Theologians and Canonists)(1965)和《一
個私人的選擇：七〇年代中美國的墮胎》(A Pri-
vate Choice: Abortion in American in the Sev-
enties)等書。在本文中，努南防衛一個**實體**(entity)
在概念上變成一個人的保守觀點，以及除了拯救母
親生命之外，墮胎在道德上是錯的。他使用**機率論
證**(argument from probabilities)以展示他的人性判
準有客觀上的基礎。

　　包含在議論墮胎之長遠的思想史中，最基本的問題是：你如何決定一個**存有者**(being)的人性？提出這個問題的方式是把它放在可充分了解的人性詞彙中，亦即要不是神學家們在「**靈入**(ensoulment)」的標題下處理為一個明顯的神學問題，就是在他們在對待墮胎議題上隱含地處理之。基督教的基源立場並不依賴於狹義的神學或哲學概念。它和嬰兒受洗的理論沒有關係。它不訴諸於任何特別的瞬間靈入理論。它視靈入的世界為從亞里斯多德改變到查克亞(Zacchia)的觀點。的確，有神學影響造成了靈入最終被接受，當然，靈入本身是個神學概念，以致這個立場總是以神學語彙來說明。但靈入這個神學觀念能很輕易被轉譯成人文的語言，以「**人**(human)」來代替「**理性的靈魂**(rational soul)」；知道何時一個人才成為一個人的問題，共通於神學和**人文主義**(humanism)。

　　如果吾人漫步在神學家所用的特別範疇之外，神學家所給的答案將會被分析為一個否決，否決在人類種種**潛能性**(potentialities)的基礎上去區分他們的可能性。再次承認，存有者被認知為人是因為他有人的潛能。如此，人性的判準是簡單且適用於一切的是：如果你被人類的雙親所承認，你就是人。

　　這個立場的強度可以由評論另外一些區分來測驗，這些區分是在當代墮胎合法化的爭議中產生的。或許最流行的區分是透過**生存能力**(viability)。在足夠多的月份之年紀以前，胎兒沒有生存能力，它不能被移到母親的子宮外，並離開她而存活。在那個範圍內，胎兒的生命要絕對地依賴母親的生命。這個依賴性成為拒絕承認它的人性之根基。

　　這個區分有困難存在。一個是完全的人工早產嬰兒保育

器可以使胎兒幾乎在任何時間下生存：它可以被移開且依靠
人工而維生。動物實驗已顯示了這樣的程序是可能的。此假
設的極端情況關係了一個實際的困難：生存能力這個觀念有
相當的彈性。單純的生命長度並不是一個正確的衡量。胎兒
的生存能力依賴於它的自主性和功能發展到什麼樣的地步。
胎兒的體重和身長對於它的發展狀態而言，乃是比年齡更好
的指引，但體重和身長不斷地在變化中。更甚者，不同的種
族團體，對他們胎兒何時有生存能力之認知，有不同的年齡
標準。譬如，一些證據建議黑人胎兒比白人胎兒更快成熟。
如果生存能力是規範，其標準將因種族和很多個別環境而有
種種變化。

　　對這個進路最重要的反對是：依賴性並不因生存能力而
終結。爲了繼續生存，胎兒仍然絕對地依賴某人的照顧；的
確，一歲、三歲，甚至五歲的小孩仍絕對地依賴另一人的照
顧才能生存；缺乏照顧，較大的胎兒和較小的兒童都會如離
開母體的早期胎兒一般地死亡。在生存能力的依賴性上，這
個非實質上的放開胎兒，似乎並不意味任何特別的、人性之
獲取。

　　第二個區分企圖藉由經驗。一個存有者有經驗、生活且
受苦、他擁有記憶，比起那沒有者更有人性。人性依賴於經
驗的形塑，如此胎兒在最基本的人性意含上仍然是「未成形」
的。

　　這個區分對於已有經驗和反應的胚胎便失效了。胚胎在
八個星期後便對觸摸有反應，至少在這一點上它正在經驗
著。在更早階段，**接合子**(zygote)（即受精卵）確定是活的，
且能回應它的環境。這個區分也可以由稀少的案例來挑戰，
失語症會抹除成人的記憶：它抹去人性了嗎？更基本地說，

這項區分甚至把較大的胎兒和較小的兒童看成未成形的非人事物。最後，為什麼經驗本身賦予人性？並不清楚。可以論證說某種中心的經驗像愛或學習，對一個人之成為人乃是必要的。但那些無法去愛或學習的人類，可能會被排出人這一類別之外。

第三個區分訴諸於成人的**感情**(sentiments)。如果一個胎兒死了，雙親的悲傷和他們小孩死去的悲傷並不同。直到誕生之前胎兒都是個未命名的「它」，而且直到離開子宮，至少存在 4 個月之後，才被知覺為有人格，要嚴格呈現人格，需要雙親充滿樂趣的認知。

然而，感情對其他人之人性而言，正是一個著名的不可靠的指引。很多人類族群，很難對於和他們一樣同為人類，卻有不同母語、膚色、宗教、性別的人產生感情。不計對異己族群的反應，我們哀悼一個十歲大的男孩之喪失，多過比他大一天的哥哥或者他九十歲的老祖父之去世。感情的差異和表達的悲傷，隨著不同區分的潛能性或者消除的經驗而變動；它們似乎並不指示嬰兒、男孩或祖父在人性上的實質差異。

也有藉由雙親的**感覺**(sensation)來做區分的。子宮內的胚胎大約在四個月後才能被母親感受到。而胚胎似乎只有誕生時才看得到。既不能看到也不能感受到的不同於可觸摸到的。如果胎兒一點也不能被看到或觸摸到的話，它不能被視為人。

然而，經驗顯示出視覺在決定人性時，比感覺更不可靠。由視覺，膚色變成說某某是一個人時的恰當指引，如此便為種族隔離的罪惡提供了基礎。觸覺也不能提供測驗；一個人因疾病而受限制，「不可和其他人觸摸」，他似乎並不因此失

去他的人性。在觸覺仍做爲一個判準來訴求的範圍內，它似乎是老英文觀念「**有活力**(quickening)」的殘餘——可能是拉丁文裡用在教規中的「**生活者**(animatus)」的誤譯。在那個範圍下，觸覺作爲一判準似乎依賴於亞里斯多德的靈入觀念，當這觀念被拋棄時，就失效了。

最後，以**社會的可見性**(social visibility)來做區分。胎兒並不爲社會所知覺爲人。它不能和其他人溝通。如此，既主觀且客觀地，它不是社會的一成員。當道德規則是針對社會成員彼此間的互動行爲之規則時，它們不能適於對尙不是社會成員所做出的行爲。胎兒被排除在人的社會之外，他們也被排除在人的人性之外。

從**結果論證**(argument from the consequences)的力量，這區分應被拒斥。它比訴諸於物理感覺更微妙，但它的內含同樣地危險。如果人性依賴於社會認知，個人或整個團體可能由於拒絕他們在社會中有任何地位，而使他們「**解除人性化**(dehumanized)」。如此命運既虛構地出現在《1984》的描繪裏，也實際地出現在很多社會的很多人身上。譬如，在羅馬帝國時代，譴責蓄奴意謂著實際地否決了大部分爲人的權利，在中國共黨世界中，地主被歸類爲人民的敵人，如此國家把他們看作非人。人性並不依賴於社會認知，雖然，通常社會無法承認牢犯、**畸形**(the alien)，異教徒也被剝奪爲人的資格。任何一個被男人和女人所認知到的是人，這個由社會承認的條件，在客觀秩序上引導出了一項眞實的事件，可是並不完全而且停止承認。任何侷限人性以排除某些團體的企圖，將陷入成就威權的危險，以及在控制社會中團體的名義下，帶來了排除其他團體的先聲。

一個哲學家可以拒絕胎兒人性的訴求，因爲他視「人性」

為靈魂的世俗觀點，而且也因為他懷疑有任何能被指認為人性的真實且客觀之事物。對如此一類哲學家的回答是問他如何作有關人類的道德問題之推理？如果他沒有先假設他和他所說及的其他人是人類的話。不管什麼團體，它被視為一個決定誰可以被殺的社會時，藉此它也被視為人的團體。第二個回答是問他是否不相信有一個決定道德疑問之對或錯的方式。如果可以訴諸如此一差異和經驗的話：在已知社會的感情基礎上決定誰是人者，已導向把合理的人刻劃為怪物的結果。

　　這些建基在生存能力和可見性、經驗和情感等具嘗試性的區分之拒絕，可以由下列的考察來加強：道德判斷通常依賴於區分，但如果區分不該顯得像是任意的諭令，它們應該關係了某些**機率**（probabilties）上的真實差異。所有的生命中有一種連續性，但是人類生命歷程元素的較早期階段，只擁有微小的發展可能性。譬如，考慮任何正常射出的精液：在任何一次射出的精液量中大約有 2 億個精子，只有一個有機會發展成接合子。考慮可能變成卵子的濾泡：在女性嬰兒內有十萬到一百萬的濾泡，當中最多只有三百九十個成熟。再者，精蟲和卵子的遭遇以及形成懷孕，研究顯示，大略有百分之二十的情況會自動墮胎。換言之，新生命發生的機率是五分之四。在這個階段中，該生命在概率上有一截然的轉移，潛能上的巨大跳躍。在精子的權利和受精卵的權利之間做一區分是為了回應這個可能性上的巨大轉移。因為大約二十天的懷孕後，受精卵可能分裂形成雙生卵或者結合另一個卵而變成怪胎，但兩種事件發生的機率都非常地小。

　　可以問，在生物機率上的變化，有關於建立人性的判準是什麼？機率論證不是對準人性的建立，而是在建立一個客

觀的不連續性，它可以在道德論述中加以考量。當生命本身是機率的產物時，當大部分的道德推理是機率的估計時，在懷孕機率的變化上建立一道德判斷，似乎一致於實在界的結構和道德思想的本質。訴諸於機率是最常識性的論證，在較大或較小的程度上，我們都把我們的行動建立在機率上，在道德如同在法律上，審慎或輕忽通常由一個人所掌握的機率來加以說明衡量。如果你在灌木林中射中的移動目標是一個人的機率為二億分之一，我懷疑可能很多人會認為這是射擊上的疏忽：但如果移動目標是人類的機會是五分之四的話，很少人會為你的罪責開脫。如果懷孕的十個孩子中只有一個能順利生下來，論證將會不同嗎？當然，這個論證將會不同。它是訴諸於實際存在的機率，不是訴諸於任何或者各種想像的事況。

　　不像灌木叢中移動目標是人的機率證示了超越一切對那存有者是人的懷疑，真正存在著的生殖機率並不在邏輯**證示**(demonstration)的意含上顯示了胚胎的人性。這項訴求是一「**輔助支持**(buttressing)」的考察，顯示出被採納的標準之合理性。這論證把焦點對準任何道德判斷中的決定因素，以及假定道德家事業的一部分是劃定界限。被劃定的界限，其特徵是非任意的一個證據是在它的兩邊有機率上的差異。如果一隻精蟲被毀掉了，吾人毀掉的存有物，只有遠小於二億分之一的機率能發展成理性存有者——他擁有遺傳密碼、一顆心和其他的器官，能感到痛苦。如果一個胎兒被毀掉了，吾人毀掉了一個已經擁有遺傳密碼、器官，對疼痛敏感的存有者，它是一個有百分之八十的機會可以進一步離開子宮，發展成一個小嬰兒，一段時間後，會變成理性的人。

　　懷孕作為人性化的決定契機之肯定論證是在懷孕中新的

存有者接收了遺傳密碼。它是能決定他的性格之遺傳訊息，是人類智慧可能性的生物性載具，能使他變成一個自我發展的存有者。有人類遺傳密碼的存有者是人。

這個對胎兒人性之潮流爭議的評論，強調了神學家在斷定胎兒的不可侵犯性時，所解決的基本問題是什麼？可是，視胎兒和其他人擁有同等的權利，並不是決定每一個墮胎案例都可以應用。它真正決定的案例是論證胎兒應該為它自己的好處而被拿掉。說一個存有者是人乃是去說它有為自己做決定的命運，不能被其他人的決定所剝奪。但有平等權利的人類通常會互相衝突，必須決定誰的主張是優先的。包含在胎兒的衝突案例，只有兩方面：胎兒完全無能力為自己說話，以及有關於胎兒切身的權利，總是它的生存權利這個事實。

神學家對這些衝突所採用的進路，以「直接的」和「間接的」詞彙來精鍊。再次，從他們的範疇之外，看他們正在做的，他們可能被說是劃界限或「**衡量價值**(balancing value)」。「直接的」和「間接的」是空間的隱喻，「劃界限」是另一個。「秤量」或「衡量」價值在進行道德判斷的過程中，乃是一個更複雜的數學類暗示的隱喻。在做道德判斷時，所有的隱喻建議了比較的必要性，沒有價值能完全控制一切。雙重效應原則並不是從天上掉下來的學說，而是分析兩個被比較的想法價值之適當方法。在天主教的道德神學當中，如它的發展所示，即使無辜者的生命都不能被視為絕對的。影響生命的判斷發自秤量的過程。在秤量中，胎兒總有大過零的價值，總有分離且獨立於它的雙親之價值。在所有針對這個主題且由被考慮的各種進路來區分它的基督教思想中，這個評價是重要且基本的，只有雙親的利益需加以考慮。

　　即使胎兒被視爲人，一個人的利益仍能被視爲平等或更優先的：母親自己的生命。1450 到 1895 年之間，**決疑家**（casuist）願意視母親利益爲優先的。自 1895 年後，只有患癌症的子宮和子宮外孕兩個特別情況中，母親利益才有決定性的比重。在這兩種情況中，即使不實施墮胎，胎兒本身也只有很小的生存機會。當母親的生命有危險時，人們再次尋求支持母親的公平解決方案。1895 到 1930 年之間，人們試圖審慎且樂觀地預先列出大量例外的利益而達到平衡。

　　胎兒人性的知覺和胎兒相對於其他人權利的權利之比重構成了道德分析的工作。是什麼精神使得抽象判斷有了活力？對基督教社群而言，它是聖經的訓令：「愛你的鄰人如己。」胎兒做爲人類正如鄰人；他的生命與吾人自己的生命一樣平等。這訓令把生命注入那只能以其它方式來合理計算的東西之內。

　　這訓令也能以和神學詞彙表達一樣好的人文詞彙來表達：不要毫無理由地傷害你的夥伴。在這些詞彙中，胎兒的人性一再地被知覺到，除了自衛以外墮胎從不是一項權利。當生命被拿來拯救生命時，單單理性不能肯定一個母親必定會偏愛孩子的生命而不是自己的。除了這個例外，現在十分稀少的例外，墮胎違反了合理的人性教義：人類生命一律平等。

　　對於基督徒而言，愛的訓令在愛是上主對他門徒的愛之範例中，已經特別地銘記於心。由這例子所帶來的光照下，逼近死亡臨界的自我犧牲在極端的情境中似乎並非毫無意義。在較不極端的情形下，把自己的利益放在另一個人生命的優先地位上，似乎表達了殘忍或自私，而不能調和於愛的訓令。

焦點議題

1. 努南在人類和非人之間劃出的界限何在？你同意他嗎？說明之。

2. 努南成功地論證出墮胎是不道德的嗎？在強姦的案例時，他將如何論證反對墮胎？

3. 檢查努南在決定是否胎兒將會變成一個完全成形的**人類人格**（human person）時，從機率的相干性而來的論證。這個建議的內涵是什麼？它健全嗎？

② 墮胎的防衛*

Judith Jarvis Thompson 原著　陳瑞麟　譯

　　湯姆蓀(Judith　Jarvis　Thompson)麻省理工
(Massachusetts Institute of Technology)哲學教授，
《權利、賠償和風險》(*Right, Restitution and Risk*)
(1986.6)是她的主要著作之一。

　　在本文中，湯姆蓀論証一個女人有墮胎的權
利，即使胎兒是個**人類**(human being)，一個**有人格
的人**(a person)。使用一系列的例子，包括著名的小
提琴家案例，他需要你的腎臟九個月。正如你有權
利拒絕這小提琴家一般，懷孕的女人也有權利墮
胎。雖然她拒絕胎兒的生命權超過母親對她自己身
體的權利，湯姆蓀仍然分辨出一些案例，在其中，
女人抑制自己而不墮胎是件好事。

　　大部分反對墮胎的立場，都依賴於下列的前提：胎兒為
一個人類，有人格的人，是從懷孕的那一刻開始。但我想這
個論証的前提並不怎麼好。譬如，拿最普通的論點來說，反
對立場要求我們去注意一個人的發展：從懷孕經過出生到孩
提時代，是一個連續過程；要劃一條界線，在這個發展中選
擇一點，並說「在這一點之前的東西不是人，在這一點之後，
它才是個人」，乃是一個任意的選擇，一個在事物本性上不能
提出好理由的選擇。因而就結論，或者無論如何我們最好說
胎兒從懷孕的那一刻起就是個人。但這個結論並不能服人。
一粒橡實發展成一棵橡樹，也可以說是連續的發展，但並不
能引導出橡實是橡樹，或者引導出我們最好說它是。這個形
式的論証有時被稱做「**溜滑梯論証**(slippery slope argu-
ments)」——這個片語或許已自我說明了——令人驚慌的
是，墮胎的反對者以相當的比重且未加批判地依賴於它們。

　　我傾向於同意在胎兒的發展中「劃一界線」的遠景看來
是黯淡的，我也傾向於認為我們大概必須同意，胎兒在出生
之前就已變成一個健全的人。的確，當吾人第一次學到在胎
兒的生命中開始獲得人類特徵何其之早時，不免會感到驚
訝。譬如，在第十星期之前，它已經有了一張面孔、手臂和
小腿、手指和腳趾；它有內部器官，而且已可偵測到大腦活
動。另一方面，我也認為這前提是假的，胎兒並非從懷孕的
那一刻起就是個人。一個剛受精的卵子，一個新植入的細胞
叢，就像橡實不是橡樹一般地並不是個人。但我不將討論這
一點。因為對我來說，為了論証之故，最大的利益在於問：
如果我們允許這前提，則會發生什麼？更精確地說，我們如
何能從那個前提得到結論說：墮胎在道德上不可容許？墮胎
的反對者通常花費最多時間來建立胎兒是個人，幾乎沒花什

麼心力去說明從胎兒是人到不容許墮胎的步驟。或許他們認爲該步驟太過簡單明瞭而無需太多評論，又或者他們單只是論証上的簡約。在那些防衛墮胎的許多人當中，也依賴於胎兒不是人這個前提，而只是在誕生時將變成一個人的一些細胞組織，則爲什麼要比你所做的付出更多論証？不管說明是什麼，我建議他們採用的步驟旣不容易也不明顯，比起通常已知的，它需要更縝密地檢查，而且當我們更精密地檢查它時，我們將會感到傾向於拒絕它。

那麼，我提議我們承認墮胎從懷孕的那一刻起即是個人，從這兒，這個論証如何進行下去？我舉類似如下的某事爲例。每個人都有活下去的權利，如此胎兒也有生存的權利。無疑地，母親也有權利決定她的身體應該發生什麼。但確信一個人生存的權利比母親決定她體內發生什麼的權利更強且更爲有力，如此就勝過它。所以胎兒可能不該被墮掉，墮胎可能不該執行。

聽起來似乎合理。但現在讓我們來要求你想像這一幕。你在一個早晨醒來，發現你自己和一個無意識的小提琴家背對背地躺在床上，一個著名的、現在卻失去意識的小提琴家，已發現他罹患一種致命的腎臟病，而愛好音樂者社團詳細地調查了所有可行的醫療記錄，發現只有你一人有著可以幫助他的血型。因此，他們綁架了你，在昨晚把小提琴家的循環系統接挿上你的循環系統，以致你的腎臟可以被用來過濾你自己連同他的血液毒素。醫院的主治醫生現在告訴你說：「看著，我們對愛好音樂者團體在你身上所做的這些事感到抱歉——如果我們知道的話絕不會允許此事發生。但他們仍然做了，而且小提琴家現在接在你身上。如果把你們分開會殺了他，但不必在意，只要九個月。那時，當他痊癒且恢復健康

之後，才能安全地把他的管子從你身上拿開。」接受這種處境是你應該負擔的道德義務嗎？無疑地，如果你做了，那非常好，是一項偉大的仁慈行為。但你一定得允諾嗎？如果不是九個月，而是九年，怎麼辦呢？或者更長？如果醫院的主治大夫說：「很不幸地，我判斷你必須躺在床上，和這個循環系統接挿在你身上的小提琴家，一起渡過你的餘生。因為記住這一點：所有的人都有活下去的權利，而小提琴家們是人。我們承認你有權利決定發生在你身體上的一切，但一個人活下去的權利，比你決定什麼發生在你身體上的權利還重要。所以你不能和他分開來。」我想像你將會把這個看成是殘暴的行為，它建議了稍早我提出的、聽起來似乎合理的論証中，實在有錯誤的地方。

當然，在這個案例中，你被綁架；你並不是自願要動手術讓小提琴家連接上你的腎臟。那些反對墮胎的人，在我所提出的例子之基礎上，能讓由於強姦而懷孕者成為例外嗎？的確能。他們能說有權利生存的人，只有在那不是因強姦而開始存在的情況下才成立；或者他們能夠說：所有的人有生存的權利，但某些人比起其他人而言有較少的權利，特別是那些因強姦才開始存在的人。但這些說法聽起相當令人不愉快。的確，是否你有權利生存的問題，或者你有多少生存權利的問題，不應該轉變成你是否因強姦而產生的。而且事實上，那些在我所提及的基礎上反對墮胎的人，並沒有做這個區分，因而並不能使強姦的情況成為例外。

他們也不讓母親在九個月的懷孕期間必須躺在床上的情況成為例外。他們將同意那對母親而言非常可憐且艱苦；但同樣地，所有人都有生存下去的權利，胎兒是個人，如此等等。事實上，我懷疑，如果奇蹟式地來談，懷孕得持續九年、

或者甚至母親的整個餘生時，他們也不會讓這種情況成為例外。

　　一些人甚至不想使可能縮短母親壽命的連續懷孕成為例外；他們視墮胎為不可容許的，即使為了拯救母親生命。今天這種情況非常稀少，很多墮胎的反對者並不接受這極端的觀點。不管如何，都是一樣，現在是開始討論它們的好時機。關於墮胎的一些有趣的觀點如下：

　　1.讓我們把即使為了拯救母親生命仍不可容許墮胎的這個觀點稱作「極端觀點」。首先我想建議的是它並非來自我稍早提及的論証之議題，該論証沒有增加一些公平有力的前提。假設一個女人懷孕了，而且知道她有心臟病的限制，以致若她讓孩子生出來自己就會死掉。對她來說，可以做什麼？胎兒，是個人，有權利生存；但母親也是個人，所以她也有權利生存。假定他們有同等的生存權利，將如何得到不可以墮胎的結果？如果母親和孩子有同等生存的權利，或許我們應該丟硬幣決定嗎？或者我們應該在母親生存的權利上添加她決定什麼能發生在她的身體上之權利，這是每一個人似乎都準備承認的——她權利之總和的比重現在超過胎兒生存的權利了？

　　在此，最為人熟知的論証如下。我們被告知施行墮胎將直接地殺害❶孩子，而沒有什麼事會殺害母親，只是**讓她死亡**(letting her die)。並且，在殺害孩子當中，吾人將殺害一個無辜的人，因為孩子從末犯過什麼罪，就算孩子會造成母

---

❶在這個論証中，直接(direct)這個詞，我指的是一個技術性語詞。粗略地說，由「直接殺害」所意指的要不是以殺人本身做為目的，就是指殺人做為某個目的的工具。譬如，為了救某個其他人的目的。它的使用例子，請看底下注❹。

親的死亡，但那並不是故意要瞄準她的死亡。接下來可能有
種種方式：(1)、直接殺害無辜總是且絕不可容許的，故墮胎
不可以執行。(2)、直接殺害一個無辜的人是謀殺，謀殺總是
且絕對不可容許的，故墮胎不可以執行❷。(3)、吾人禁止直
接殺害一個無辜人士之責任比吾人防止一個人免於死亡的責
任更強，故墮胎不可以施行。(4)、如果吾人的選擇只有直接
殺害無辜的人或者讓一個人死亡時，吾人必須選擇讓此人死
亡，則如此，墮胎不可以施行❸。

　　一些人似乎有這種想法：如果要達成結論，毋需增加進
一步的前提，但它們從一個清白的人有權利生存的事實中引
導出來❹。但這一點似乎對我來說是個錯誤，或許展示這一
點最簡單的方式是闡明：當我們確定必須允認清白的人有生
存權利時，從(1)到(4)當中的論題全是錯誤的。以(2)為例，如
果直接殺一個無辜的人是謀殺而不可容許，那麼母親直接殺
害在她體內的無辜孩子是謀殺，所以不可容許。但如果母親
為了拯救她的生命而墮胎不能被嚴格地認為是謀殺，我們不

---

❷參考*Encyclical Letter of Pope Pius* 11 *on Christian Marriage,*
St. Paul Editions (Boston,n.d.)，p.32：「對於母親在因本性所賦
予的生產責任之實行當中，健康甚至生命受到嚴重的危害，不管我們
可以憐憫她多少，對於以任何方式而執行謀害無辜的人，這也從不
是一項充足的理由。這正是我們現在在這兒所要處理的。」努南(*The
Morality of Abortion,* p.43)把這段讀為如下：「什麼原因能利
於以任何方式執行無辜者的直接殺害？因為它是一個觀點的問題。」
❸在(2)當中的論題，從一個有趣面看來，比在(1)、(2)、和(3)當中的論
題還弱：它們規制了墮胎，即使有若不墮胎，母親和孩子都會死掉
的情況下。對比之，吾人抱持表達在(2)當中的觀點時，能夠一致地
說吾人不須選擇讓兩個人都死亡優於殺害一個人。

能嚴格地說她必須禁止行動，必須被動地坐待死亡。讓我們回顧你和小提琴家的案例。你躺在床上連接著小提琴家，醫院的主治醫生向你說：「這是一切事物中最令人沮喪的，我也深感同情，但你看到，這是放置一個額外的負擔在你的腎臟上，而且你將在這個月內死去。但你必須靜靜地等待，一切不會改變。因為如果拔除小提琴家連結在你身上的管子，將直接地殺害一個清白的人，那是謀殺，不可容許的。」如果世界真有這種事情發生的話，你轉向背後拔掉你和小提琴家的連管以救自己的生命，你做的不是不可容許的事，你並沒有謀殺。

　　在墮胎討論中主要注意焦點是第三者可以或不可以答應一個女人墮胎的要求，這是在一種不可理解的方式上。事情是這樣的，並沒有女人能夠安全地為自己墮胎。所以，所問的問題是，第三者可以做什麼，而且母親可以做什麼——不管是否它被提及了，大概做為事後思考——都是從第三者可以做什麼的結論演繹而來的。但對我而言，以這個方式處理這個問題，是似乎拒絕承認母親的人格地位——為了胎兒，它應相當牢固地被堅持著。因為我們不能單只從第三者可以

❹參考下列來自Pius 12, Address to the Italian Catholic Society of Midwives：「在母親胸懷裡的嬰兒有直接來自上帝的生存權利。——因而，沒有人、沒有任何人為的權威、沒有科學、醫藥、優生學、社會、經濟或道德的『指示』，能夠建立或允許一有效的裁決理由來支持直接蓄意處置一個清白的人類生命，這個處置朝向毀滅要不是做為一目的就是做為達到另一個或許本身不合法的目的之工具。——仍未出生的嬰兒，在相同的程度且為了相同的理由，和媽媽一樣是一個人。」引自Noonan, *The Morality of Abortion,* p.45

做什麼而讀出一個人可以做什麼。假設你發現你自己身陷於一間裡面有一個成長中的小孩子之小房子裡。我是指一間非常小的房子和一個快速成長的孩子──你已被逼到牆邊，幾分鐘後就會被擠死。而孩子在另一邊並不會被擠死；假如都不做什麼事去抑制他的成長你將受到傷害，而最後他將簡單地打開房子並且走出一個自由的人。現在，如果一個旁觀者說：「我們不能為你做什麼事。我們不能在你和他的生命之間做選擇，我們不能決定誰應該活著，我們不能介入。」那我很可以理解。但不能結論說，你也不能做任何事，你不能攻擊他以拯救你的生命。這孩子可能不管如何是無辜的，但你不須被動地等待他來擠死你。或許一個懷孕的女人被模糊地感到處在於房子的地位上，而我們並不允許它的自衛權利。但如果這個女人懷了這個孩子，莫忘了她是一個懷了它的人。

或許我應該停止以便公開地說我並不是在主張人們有權利做任何事以拯救他們的生命。而是，我認為對於自衛的權利有著過於激烈的限制。如果某個人威脅你，要你折磨另一個人致死，若不做就殺死你，我想，即使為了救你的生命，你也沒有權利如此做。但在這兒，需要考慮的情況相當不同。在我們的案例中，只包含了兩個人，一個的生命受到威脅，一個是威脅的人。兩人都是無辜的：被威脅的人並不是因過錯而受威脅，威脅的人也不是因任何過錯而威脅。就為了這個理由，我們可以感到旁觀者不能介入。但受威脅的人能。

總之，一個女人確信能防衛她的生命以抗拒未出生的孩子所帶來的威脅，即使如此做免不了它的死亡。而且這不僅顯示出在(1)到(4)的議題為假；它也顯示出墮胎的極端觀點為假。所以，我們並不需要徹底調查達到它──即我一開始就

提及的論証——之任何其它可能的方式。

2.這個極端的觀點當然被弱化地說成：為了拯救母親的生命，墮胎是可容許的，它不可以由第三者執行，只有母親自己可以。但這也不能是對的。因為我們必須記在心上的是母親和未出生的孩子不是像在一間小房子——由於一個不幸的錯誤，而同時被租給兩個人——內的房客一樣：母親擁有這房子。她真地擁有這房子的事實，增加了對這演繹的攻擊性，即從第三者不能做什麼事中演繹出母親也不能做什麼事。但比這還多的是：這個事實在第三者不能做任何事的假設上投射出一片明亮的光。的確，它讓我們看到一個說「我不能在你們之間做選擇」的第三者，如果他認為這是公平的，他正在愚弄他自己。瓊斯發現且穿上了某一件外套，他需要它以免凍僵，但史密斯也需要它以免凍僵，如果外套是史密斯的，則說「我並不能在你們兩人之間作選擇」並不是公正不偏。女人們一再一再地說「這是我的身體！」而且她們也有理由感到憤怒，有理由感到它像是對著風吶喊。畢竟如果我們對史密斯說「當然，它是你的外套，任何人會承認它是。但沒有人可以在你和瓊斯之間作出，誰應該有它的選擇」時，史密斯幾乎不可能寬恕我們。

我們實在應該問：在面對懷了孩子的身體是母親的身體時，說「沒有人可以做選擇」到底說什麼？它可能是單純地無法鑑別這項事實。但它可能是更有趣的某物，亦即吾人有權利拒絕抓住人們之意思，即使如此做是正義且公平的，即使正義需要某人如此做。如此，正義可能要求某人向瓊斯取回史密斯的外套，然而你有權利拒絕當一個抓住瓊斯的人，一個拒絕對瓊斯施加身體暴力之權利。我想，這必須被允許。但是，如此一來，應該說的不是「有人可以做選擇」，而只是

「我不能做選擇」，而真正的甚至不是那句話，而是「我不將行動」，把它開放給某個能或者應該的其他人，而且特別是在權威位置上之任何人，他們既能夠且應該從事保護人們權利的工作。如此，這就沒有困難了。我並未論証任何既定的第三者必須同意母親要執行墮胎，以援救她的生命之要求，而只是他可以。

　　我假設在某些人類生命的觀點中，母親的身體只是租貸給她，這個租貸並未給她任何優先擁有它的主張。一個抱持這種觀點的人很可以說「我不能選擇」是公平的。但我將簡單地忽略這種可能性。我自己的觀點是，如果一個人有任何權利完全地優先主張擁有任何事物時，他有權利優先擁有他自己的身體。或許，無論如何這不需在此論証，因為，如我已提及的我們正關注反對墮胎之論証，也承認女人有權利決定什麼將發生在她身上。

　　雖然他們承認這一點，我也試圖去顯示他們並不嚴格地採用承認後將會發生的結果。我建議，當我們把注意力從母親的生命瀕臨於危險之案例移開，而轉向更普通的案例時──如我提議我們現在所做的──在那些案例中，母親只為了比起保存她自己的生命更不重要的理由而想墮胎，同樣的事情，甚至將更清楚地再出現一次。

　　3.在母親的生命並不瀕於危險的情況中，一開始我提出的論証似乎很牽強。「每一個人有權利生存，如此未出生的人也有權利生存。」而且不是孩子生存的權利比任何其它不是母親自己的生存權利的東西更重要得多嗎？她可以提出那些東西做為墮胎的理由嗎？

　　這個論証處理墮胎的權利，好像它沒有問題。這個質疑似乎對我來說正是錯誤的來源。因為，現在好不容易我們應

該問：有權利生存將會發生什麼？在一些觀點看來，有權利
生存包括至少有權利得到一個人為了繼續生存所需要僅僅的
最小量。但假設事實上一個人為了繼續生存所需之最小量是
他一點也沒有權利得到某物時，那是什麼？假設我生病將
死，而唯一能拯救我生命的是亨利・方達（Henry Fonda）的
冷手觸摸我發燒的額頭，然而，同樣地，我沒有權利得到亨
利・方達的冷手觸摸我發燒的額頭。他從西海岸飛來提供這
項服務，將是令人感動的仁慈。如果我的朋友們飛到西海岸
把亨利・方達帶回來，雖然無疑很有意義，但卻較為不完美。
但我一點也沒有權利要求任何人應該為我做這件事。或者，
再一次回到我稍早所說的故事中，為了繼續生存，小提琴家
需要繼續使用你的腎臟這個事實，並未建立他有權利得到你
的腎臟之繼續使用權。他確定沒有權利要求你應該繼續讓他
使用你的腎臟；而且沒有人有權利要你應該給他這項權利
──只要你允許他繼續使用你的腎臟，這是你仁慈的一部
分，但他不能宣稱他應該從你身上得到某物。他也沒有權利
要求任何其他的人說他們應該讓他繼續使用你的腎臟。的確
在第一次的時候，他沒有權利要求愛樂者的社團應該把他和
你連接起來。而且，已知道你將必須躺在床上和他一起花費
九個月的時間，如果你現在開始拔下接管，在這個世界上沒
有人可以為了看顧他，就有權利或有資格而必須試著防止你
如此做。

　　關於生存的權利上，有一些人們更加嚴苛得多。在他們
的觀點中，它並不包括得到任何東西的權利，而是等於且只
等於不被任何人殺害的權利。但在此有一個相關的困難產
生。如果每一個人應該克制著不去殺小提琴家，那麼每一個
人必須克制著不做很多很多不同的事情。每個人必須克制著

不去切開他的喉嚨、每一個人必須克制著不去射殺他——而且每一個人必須克制著不去不拔掉他和你的連管。但他有權利要求每一個人都克制著不去拔掉他和你的連管嗎？克制而不做這件事是允許他繼續使用你的腎臟。是能夠論証說他有權利要求我們允許讓他繼續使用你的腎臟。也就是，當他沒有權利要求我們應該讓他使用你腎臟的時候，可以論証：無論如何他有權利要求我們現在不要干預也不要剝奪他對你的腎臟之使用。我將在稍後回到第三者的干預。但確定小提琴家沒有權利要求你應該允許他繼續使用你的腎臟。如我已說了，如果你允許他使用它們，這是你仁慈的一環，而且並不是你虧欠他什麼。

　　我在這兒指出的困難，並不是生存權利所特有的。它一再地出現於其它一切相關的自然權利當中；而且它是適當地說明權利所必須處理的某物。對於現前的目的而言，把注意力放在這困難上就足夠了。但我將強調，我不是論証人們沒有權利生存——相反地，似乎對我來說，我們必須考量權利之可接受性的最初保証是，它應該在那個考量是所有人有權利生存之眞理中得到的結果。我所論証只是有權利生存並不保証也有權利得到使用，或得到允許繼續使用另一個人的身體——即使爲了生存而需要它。所以生存的權利不會爲墮胎的反對者服務，他們以一種簡單明瞭的方式以爲生存權利可以用來反對墮胎。

　　4.有另一個帶來困難的方式。在最普通的情況中，剝奪某人應有的權利是不公正地對待他。假設一個男孩和他的弟弟一起得到一盒做爲聖誕禮物的巧克力。如果哥哥拿了盒子拒絕給他弟弟任何巧克力，則他對他是不公平，因爲弟弟有得到一半的權利。但假設你已從另一管道知道了你得在床上

和小提琴家一起待九年，你拔掉你和他的連管。確信你並沒有不公正地對待他，因為你並沒有給他任何使用你的腎臟之權利，而且也沒有任何其他人能夠給他任何這樣的權利。但我們必須注意拔掉你和他的連管時，你正殺了他；而小提琴家，像每一個其他人一樣，有權利生存，如此以我們現在正在考察的正義觀點看來，他有不被殺害的權利。所以，在這兒，你所做的是他想像上有權利要你不該如此做，但若你做了的確並不表示對他不公正。

在這一點上可以做的修正是這樣：生存權利構成的並不是不被殺害的權利，而是構成了不被不公正地殺害的權利。這跑出了一個循環的危險，但無需介意：它將使我們理解小提琴家有生存權利的事實，相容於你在拔掉你和他的連管，因而殺害他之中並未不公正地對待他的事實。因為如果你真的沒有不公正地對待他，你並未違反他生存的權利，如此無需驚訝於你並沒有向他做了任何不公正的事。

但如果這個修正被接受，那在反對墮胎論証上的鴻溝，使我們清楚地看到了這一面：它一點也不足以証出胎兒是個人，而且不足以使我們想起所有的人有權利生存——我們也需被展示殺害胎兒違反它生存的權利，亦即，胎兒是不公正的被殺害。而它是嗎？

我假設我們可以採用它做為由於強姦而懷孕的案例之資料，在此，母親並未給予未出生的人使用她的身體做為滋養和庇護場所的權利。的確，懷孕能被假設為母親已給予未出生的人如此權利了嗎？它並不是像未出生的人漂泊在世界上，一個想要孩子的母親對他說「我邀請你進來」。

但是，可能有人論証說有其它的方式吾人能夠獲得使用另一個人身體之權利，而無需那個人來邀請你使用。假設一

個女人耽溺於性交，而且也知道它將造成懷孕的機會，隨後她懷孕了；她不是該爲現狀負一部分的責任嗎？事實上，也就是爲這個已存在的、在她體內未出生的人負一部分責任嗎？無疑地，她並未邀請它來。但它存在那兒構成了她的部分責任，不就給了它使用她的身體之權利嗎？倘若如此，她墮胎了，將更像那男孩拿走巧克力，而不像你拔掉你和小提琴家的連管──如此做會剝奪胎兒應有的權利，因此對它做了不正義的事。

　　然後，有人也可能問是否能爲了救她自己的生命而殺它。如果她自願召喚它來臨，現在她如何能殺它，即使是爲了自衛？

　　關於這一點該說的第一件事是：它是某個新的東西。墮胎的反對者關切的是証實胎兒的獨立性，爲了建立它有著和它母親同樣的生存權利，他們傾向於忽略他們從瞭解胎兒依賴母親的事實中，可以得到的可能支持。爲了建立她對它有特別的責任，該責任給胎兒權利去反對她說她並不被任何獨立的人所擁有──像生病的小提琴家是一個她不認識的陌生人一般。

　　另一方面，這個論証只有在她的懷孕來自於自願的行事，而且擁有懷孕機會的完全知識時，才給未出生的人使用它母親身體的權利。它將整個地遺漏了未出生的人之存在原因是由於強姦。暫不決定某些進一步論証之可行性，那麼我們將得到其存在是由於強姦之未出生者，沒有權利使用他們媽媽的身體，如此墮胎並未剝奪他們任何權利，因而不是不正義的殺害。

　　而且我們也將注意到這論証的效力是否眞地達到它所主張的那種程度，一點也不清楚。因爲有各種情況的案例，細

節將會製造差異。如果房間窒息，因而我打開窗戶讓空氣流通，而一個小偷爬進來，若說「哦，現在他能留下來了，她已給他權利使用她的房子——因為她應為他出現在這兒負部份的責任，她已自願地打開窗戶使他得到進來的機會，她完全知道有著偷和小偷行竊這一類的事情。」這將是荒謬的。更荒謬的是去說：如果我在窗外安裝了鐵窗，正為了防止小偷進入，而小偷進來只是因為鐵窗壞了。如果我們想像不是一個小偷爬進來，而是一個清白的人，他一時大意而掉進來時，還是同樣的荒謬。再次，假設情況是這樣：**人類種子**(people-seeds)飄浮在像池塘一樣的空氣中，而且如果你打開窗子，一個就可能飄進來並著根在你的地毯或簾幕上。你並不想要孩子，所以你用你所能買到最好的濾網，安裝在你的窗戶上。可是，總是會有出現瑕疵的濾網這種事情，而且在非常非常稀少的場合中發生了；一個種子飄進來並且著根。現在，這個人類植物發展出使用你房子的權利了嗎？確信不——儘管如下的事實：你是自願打開你的窗戶，也清楚要保護地毯和裝潢的傢俱，並且知道濾網有時會有瑕疵。某個人可能論證你對它的著根應負有責任，它有權利使用你的房子，因為畢竟你能夠以單調的天花板和傢俱過你的生活，或者封起你的窗戶和門。但這並不可行——因為由相同的個例，任何人將會被要求當個自閉症者以避開由於強姦的懷孕，或者因為無法獲得保護者（可信賴的！）就從不離開家裡。

　　似乎對我來說，我們正考察的這個論証頂多只能建立有某些案例中，未出生的人有權利使用它母親的身體，因而某些情況墮胎是不正義的殺害。如果有任何的話，則關於它的討論和論証會有著很大的空間。但我想我們應該逐步考察這

議題並開放它。因爲無論如何，該論証確定不能建立所有的墮胎都是不正義的殺害。

5.可是，在此仍有空間爲了另一個論証。我們確信都必須承認可能有著這種情況，在其中，以某人生命爲代價而把他和你的身體分開，是道德地**不親善的**(indecent)。假設你知道小提琴家所需要的不是你生命中的九年，而只是一小時：爲了拯救他的生命，你所需做的一切就是在床上花一個小時來幫助他。也假設讓他使用你的腎臟一小時，一點也不會影響你的健康。可以承認你被綁架，承認你並未許可任何人把他的維生管子接到你的腎臟上。儘管如此，似乎對我來說，你應該允許他使用你的腎臟那一小時——拒絕是不親善的。

再次，假設懷孕只持續一小時，而且不會對生命或健康構成任何威脅。也假設一個女人因強姦而懷孕了，承認她並不自願做任何產生一個孩子存在的事情，也承認她全然沒有做任何事而給予未出生的人使用她身體的權利。同樣地，如同在新修改的小提琴家故事中，很可以說她應該保留它一小時——她若拒絕則不親善。

現在，一些人傾向於在如此一方式上使用「權利」這個詞，即它從你應該允許他使用你的身體度過他所需的一小時中引導出來，那麼他有權利爲了他所需的那個小時而使用你的身體，即使他沒有從任何人或行動而得到那項權利。他們可以說它是從：如果你拒絕了，你向他做了不正義的事當中，引導出來的。這個詞彙的使用或許如此普遍以致它不能被稱作是錯的；儘管如此，似乎對我來說，它是不幸的疏鬆——對那些我們最好保持緊緻約束的詞彙而言。假設我稍早提及的巧克力盒，並未一起給兩個男孩，而只給哥哥一人。他坐在那兒，單獨地享受盒子裡的美味，他的弟弟嫉妒地看

到了。在此我們可能說「你不該如此小氣，你應該給你弟弟一些巧克力。」我自己的觀點是它正好沒有從這樣的真相當中，引導出弟弟對這盒巧克力有任何權利。如果這男孩拒絕給予他弟弟任何巧克力，他是貪心、吝嗇、無情的──但並非不公正。我假設我心上的對手將會說，它的確引導出弟弟有一些巧克力的權利，而如果這男孩拒絕給弟弟任何巧克力的話，他行事不公正。但這樣說的效應是模糊了我們將保持分明的東西，亦即是男孩在這種情況下拒絕和在稍早的情況下拒絕，這兩者間的差異，在稍早的情況中，巧克力盒是一起給兩個男孩，而在該情況下，從任何觀點看來，弟弟顯然有資格要求一半。

　　從 A 應該為 B 做一件事的事實，引導出 B 有權利要求 A 為他做該事中，對「權利」這個詞彙的使用，有進一步反對：在於它將使得是否一個人對一事物有權利的問題，轉向如何輕易地提供該事物給他的問題；而這似乎不單是不幸的，而是道德上不可接受的。再度採用亨利・方達的案例，稍早我說我沒有權利要求他的冷手來觸摸我發燒的額頭，即使我需要它來拯救我的生命。我說如果亨利・方達從西海岸飛來提供此事，則相當地好，而且我沒有權利要求他應該如此做。但假設他不在西海岸，假設他只要走路穿過房間，簡單地把手放在我的頭上──看哪，我的生命得救了。那麼的確他應該做它，拒絕則是不親善。應該說「哦，好的，在這個情況中，導出了她有權利要求他的手去觸摸她的額頭，若他拒絕，則做了不公正的事」這樣的話嗎？如此變得當他易於提供某物時，我就對它有了權利；當他難以提供時，就沒有，是這樣嗎？當一項權利變得越來越難得到時，任何人對該項權利就變得微弱而消失，這是一個令人震驚的觀念。

所以我自己的觀點是：即使你應該讓小提琴家使用你的腎臟渡過他所需的幾小時，我們也不該結論說她沒權利如此做——我們應該說，如果你拒絕，你是像那個擁有巧克力卻不願分出一些的男孩、自我中心且冷漠，事實上是不親善的，但並不是不公正。同樣地，甚至假設一個女人由於遭強姦而懷孕的情況應該允許未出生的人，爲了所需的幾小時而使用她的身體。如果她拒絕，我們不該結論說她沒權利如此做；我們應該結論說她是自我中心的、冷漠的、不親善的，但不是不公正。抱怨是一樣地嚴重，但兩種情況就是不同。可是不需要堅持這一點。如果任何人眞地想從「你應該」而演繹出「他有權利」，那麼同樣地，他確信必須承認有著案例，在其中要求你允許小提琴家使用你的腎臟是不道德的，而且在這個案例中，他沒有權利使用它們。如此案例也同樣適於母親和未出生的孩子。除了像未出生的人有權利要求它的這種案例之外——而且我們開放可能有如此案例存在的可能性——沒有人應該在道德上被要求做出健康、其它利益和關心之事、所有其它責任和信念上的重大犧牲，只爲了保持另一個人的活命而花費九年，甚至只是九個月。

6. 事實上，我們必須區分兩種撒馬利亞人(Samaritan)：好撒馬利亞人和我們可稱作極少親善的撒馬利亞人(Minimally Decent Samaritan)。你記得，好撒馬利亞人的故事像這樣：

> 某個人從耶路撒冷下行至耶利哥(Jericho)，掉入群盜之手，他們奪走了他的衣物，打傷他，然後離去，留下奄奄一息的他。
>
> 偶然道路上來了一個祭司；一看到他時，就從另

一邊走開。

　　同樣，有一個利未人也經過那兒，上前去看看
那個人之後，也從另一邊走開。

　　但某個在旅途中的撒馬利亞人，經過那兒；一
看到那個人時就對他產生同情。

　　他走向那人，倒油和酒在他的傷口上，為他包
紮，然後把傷者扶上自己的牲口，帶他到一家旅店，
並照顧他。

　　第二天，他要離開了，拿了兩個銀幣給旅店的
主人，向他說：「請你照顧他；不管花費多少，等
我再回來時，我會付清費用。」(路加福音　10：30－
35)

　　好撒馬利亞人耽擱他的旅程，而且花了一些代價，去幫
助一個需要幫助的人。我們不能被告知這個選擇是什麼，也
就是，是否祭司和利未人能做得比撒馬利亞人所做的要少一
些來幫助他，但假定他們能，則他們完全沒做什麼的事實顯
示他們甚至不是極少親善的撒馬利亞人，並不是因他們不是
撒馬利亞人，而是因他們極少親善。

　　當然，這些東西是程度上的事情，但有一個差異，而這
差異最清楚的表述在格諾維絲(Kitty Genovese)的故事。你
記得她被謀殺，而有三十八人看到過或聽到，但完全沒有人
做任何事去幫助她。一個好撒馬利亞人會挺身而出，給她直
接的協助以對抗謀殺者。或者，或許我們最好允許做這件事
的人是**絕佳的**(splendid)撒馬利亞人，在這個基礎上包含了
自己死亡的危險。但那三十八人不只沒有做這件事，他們甚
至不肯麻煩一下而去選擇以電話叫來警察。極少親善的撒馬

利亞人至少會要求做那件事，而他們都沒有做就怪異得不近情理了。

在說了好撒馬利亞人的故事之後，耶穌說「去吧，去做同樣的事。」或許他意指我們道德地需要如好撒馬利亞人所做一般地行事。或許他是激勵人們去做比他們在道德上所需做的更多。在所有的事件中，似乎清楚的是，在他自己生命危險時，道德上並不需要三十八人中的任一個挺身而出，給予他直接的協助。而且道德上也不需要任何人給出他生命中長長的一段──九年或九個月──去維持一個沒有特別權利（我們開放這個可能性）要求它的人之生命。

的確，一類相當驚人的例外是，在這世界上任一個國家沒有人被合法地要求為其它任何一人做和這個一樣多的事情。這類例外是明顯的，但更值得注意這個事實，在這個國家中沒有任一州的任一人受法律驅使，去當一個對任何人而言是極少親善的撒馬利亞人；也沒有法律規定那在格諾維絲死去的時候袖手旁觀的三十八個人應該受到控訴。對比之，在這個國家中大部分的聯邦州，女人被驅迫去當一個對在她肚子裡未出生的人而言，不只是極少親善的撒馬利亞人，而是好的撒馬利亞人。這個事實本身並不代表任何事已固定在一個或另一個方面，因為很可以論証在這個國家應該有法律規定人們至少當個極少親善的撒馬利亞人──如很多歐洲國家都有。但它的確証明了在法律的存在狀態上有一個顯著的不公正。而且它也展示了通常運作反對墮胎法律自由化的團體，事實上是向允許墮胎的聯邦州運作，使它宣佈廢除該法律的團體，最好開始運作一個普遍地好撒馬利亞人式的法律，否則就得到了他們是在很糟糕的信仰下行事的結論。

我自己將認為，極少親善的撒馬利亞人法律是一回事，

好撒馬利亞人是另一回事，而且事實上是高度地不適當。但我們在此並不關心法律。我們應該問的並不是：是否法律應該規定任何人都必須去當一個好撒馬利亞人；而是：我們應該承認一個處境，在其中，某個人被驅迫──或許，由天性──而去當一個好撒馬利亞人。換句話說，我們現在必須看看第三人的干預。我已論証沒有人在道德上該被要求做出重大犧牲以維持一個沒有權利得到它們的人的生命，而且甚至在那兒的犧牲並不包括生命自己；我們不該在道德上被要求去當另一個人的好撒馬利亞人或者甚至非常好的撒馬利亞人。但假設一個人不能解脫如此一處境的話，怎麼辦？如果他求助我們去解開他處境的話，又怎麼辦？似乎對我來說，明顯的是，我們能夠有如此的情況：我們當一個好撒馬利亞人將會使他脫困。你在那兒，被綁架，而且要和躺在你之前的小提琴家一起待九年。你有自己的生活要過。你很抱歉，但你就是不能放棄生命中如此的時間去維持他的生存。你不能自己脫困，而且要求我們幫你。我應該想──鑑於他沒有權利使用你身體──很明顯地我們不必退讓地去承認，你該被迫放棄這麼多。我們能做你所要求的，但在我們如此做之中，沒有對小提琴家不公正。

7. 跟從墮胎反對者的引導，我貫徹地說及了胎兒做為一個人，而我所問的是是否我們所開始的論証，只是胎兒是個人的前提來進行時，真的建立了它的結論了嗎？我已論証它並沒有。但，當然有很多論証，有人可能會說我單只固定在錯誤的一方面上。有人可能會說重要的不只是胎兒是個人這事實，而是它是一個人，他母親對它有一個特別的責任，從她是它的媽媽這事實中產生出來。而且他可能會論証我們所有的類比都因而不相干──因為你並沒有對小提琴家負有特

別的責任，亨利・方達也沒有對我負有特別的責任。而且我們的注意力可能被導向法律規定男人和女人兩者都必須撫養他們的小孩。

　　我在上文第四節已有效地處理了（簡短地）這個論証：但一個重點重述（仍然簡短地）可能是需要的。確信我們對一個人並沒有如此特別的責任，除非我們或明或隱地承擔它。如果雙親不嘗試防止懷孕，沒有墮胎，然後在小孩誕生時沒有讓它被人收養，而是把它帶回家，那麼他們已承擔了對它的責任，他們給它權利，而且他們不能因爲現在發現很難繼續承擔這責任時，就以它的生命代價來撤回撫養它的責任。但如果他們採取所有合理的預防以防止有小孩，他們並不單單藉由他們有和小孩存在的生物關係而對它有一特別的責任。他們可能希望承擔撫養它的責任，或者他們可能不希望如此。而我建議如果對它承擔責任的話，將需要很大的犧牲，然而他們可以拒絕。一個好撒馬利亞人不會拒絕——或者，如果所必須做的犧牲是巨大的話，則成爲一個絕佳的撒馬利亞人。但如此好撒馬利亞人將會承擔小提琴家的責任；如果亨利・方達是個好撒馬利亞人，他也會如此地從西海岸飛來並對我承擔責任。

　　8.很多想視墮胎爲道德上可容許的人，將會在兩個考量上發現我的論証不令人滿意。首先，當我論証墮胎不是不可容許之時，我並未論証它總是可容許的。很可以有那種情況，生下小孩只需要母親發揮極少親善的撒馬利亞人精神，這是一個我們不可以低於其下的標準。我傾向於認爲我說明中的優點之一正是它並未得出一個普遍的是或普遍的不。譬如，它允許且支持我們對如下事件的感覺：一個病弱且極度恐懼的十四歲的學校女孩，由於強姦而懷孕，當然可以選擇墮胎，

而任何排除這情況的法律是不健全的法律。而它允許和支持我們對其它情況的感覺，即訴諸墮胎肯定是不親善的情況。如果一個女人懷孕七個月了，只爲了避免防礙出國旅行而延期就想墮胎，她這個要求是不親善的，醫生去執行墮胎也是不親善的。事實是我已注意處理了各種墮胎情況的論証，或者甚至母親的生命並未瀕於危險的所有情況。

　　其次，當我論証某些情況中墮胎的可容許性時，我並未論証保証未出生孩子死亡的權利。這兩種事情很容易混淆。胎兒的生命直到某些程度時，在母親身體外將不能生存；因此把它移出母親的身體保証了它的死亡。我已論証你並不被道德地要求在床上花九個月以維持小提琴家的生命；但這一點也不是說，如果，當你拔下你和他的連管時，奇蹟發生了──他生存下來了，於是你有權利轉身和扼住他的喉嚨。你可以把你自己和他分開，即使這需以他的生命爲代價；但如果你拔下他的連管而未殺死他，則你沒有權利以某些其它的手段來保証他的死亡。有某些人將會對我論証的特色感到不滿。一個女人可能被一個孩子──她自己的一小塊，送出給人收養而從不再看到或聽到它──的想法所極端蹂躪。她可能因此想不只孩子和她分離，而且還要它死。墮胎的反對者傾向於視這爲不足取的恥辱──藉此顯示對什麼都無動於衷確信是絕望的來源。同樣地，我同意希望孩子死亡不是一個任何人可以欣喜的欲望，孩子分離後活著是可能的結果。

　　可是，在這一點上，應該記住貫徹全文，我們只假裝從懷孕的那一刻起胎兒就是一個人。非常早期的墮胎確信並未殺害一個人，如此就不是我在此說的任何事所處理的。

　　＊本文經普林斯頓大學同意，選譯自《哲學和公共事務》(*Philoso-*

phy and Public Affairs, Vol.1,no.1(1971))

焦點議題

1. 湯普蓀支持墮胎可容許性的論証是什麼？墮胎和把自己從著名的小提琴家分離出來的類似比較如何生效？

2. 在什麼條件下，如果有的話，小提琴家有權利使用你的腎臟？如果他只需要五分鐘，他有權利使用你的腎臟嗎？你應該允許他使用它嗎？說明之。

3. 湯普蓀的論証似乎相干於強姦的情形，在強姦中女人並不自願有性行為。它能應用到女人自願有性行為的情況上嗎？

③ 反對墮胎的絕對權利＊

Baruch Brody 原著　彭涵梅　譯

　　布羅迪(Baruch Brody)是萊斯大學(Rice Uni-
versity)和休斯頓之拜耳醫學院(the Baylor College
of Medicine in Houston)的哲學教授。布羅迪在以下
的文章中評擊湯姆蓀的立場，湯姆蓀以爲就算三個
月的胎兒是人，婦女永遠有權利墮胎。布氏批評湯
氏「並沒有好好區分救某人生命和奪走它的二者間
的不同」。如果能辨別二者，則只要胎兒是人，做母
親的，沒有權爲了重新控制自己的生命而去殺害胎
兒。不過在未編入本論文集的某一段文章中，布羅
迪允許在母子同時有生命危險時，且非墮胎不能挽
救時，可以施行墮胎手術。在本文的最後一節中，
布羅迪陳述他有關人的「腦死理論」。即當他或她的
腦子完全停止運作時，這個人類可能是活生生的，
但不算是個人；因而一個胎兒的腦部未開始運作，
就不算是有人格的人。布羅迪發現約在懷孕的的第
6 到第 12 週的時候，腦部才正常運作，在胎兒有一
正常功能的腦部之前，母親有權利墮胎。但在墮胎
前必須先決定發育的時間後才可執行。

1.婦女有權利殺害她的胎兒嗎？

　　婦女必須盡最大可能地控制發生在她身體上的事，意即她必須能在她想要的方式下使用身體，且避免在她不想要的方式下使用身軀，這是很一般性的要求。當某種運用身軀的方法對她的生活、人格、社會、經濟的層面上產生著極深遠的影響時，這權利被特別壓抑了。所以，有人爭論著：應該讓婦女們自由地選擇：一者是懷著孩子、利用她的身體支撐到小孩生下之時；或者是拿掉胎兒，不爲了小孩子而利用自己的身體。

　　在一些文章中的論証是蠻進步的，它很明白地不從墮胎的道德與否來考量事情，而改由在法律上，基於墮胎的問題不是只屬於母親的道德決定，因而反對墮胎。但這個特別進路的論証和我們現在的目的沒有關聯；我（稍後）在處理因法律禁止墮胎而產生的問題時，會思考到它。目前我只在意一個假設法則，它提供容許墮胎的理由，宣稱因爲是婦人的身體在懷著胎兒，且胎兒深深地仰賴母親，故她有明確的權利去拿掉那個沒有人可能會有的胎兒。

　　一開始我們可以注意到一件事，母親身爲運送胎兒來到人間的人而言，是在她選擇放棄胎兒與否的權利情況下，擁有胎兒；而且身爲有自主性、負責任的主體來說，她必須做這個決定。但請注意：這一點也不代表她的任何決定在道德上是正確的，也不代表沒有任何人能衡量她做的選擇。

　　在初步印象中，似乎不像我們所做的假設一般，胎兒的發展是從把它當成爲一個人時算起。畢竟，人沒有權利去做任何事，就算爲了能重新得回身體的使用，也一樣不行；特

別是，為了達成目的而殺其他人的行為更是錯誤的。

　　事實上，朱蒂・湯姆蓀教授在最近的一篇文章中，只堅持我們誤解了這個簡單的觀點了。湯姆蓀教授是如何護衛著她以為不論胎兒是個人、不論她的生命是否受到威脅、也不論她是否同意了產生胎兒的性交行為之各種情況下，母親都有權去拿掉孩子的主張呢？在討論到母親的生命受到威脅的這一點時，她做了下列的建議：

> 在墮胎的行為中，只牽涉到兩種人，一種是生命受到威脅者，一種是威脅到人生命的人。二者都是無辜的：生命受到威脅的人並非是因為犯了錯而使生命受到威脅，威脅到人生命的人也並非是因為犯了錯而威脅他人生命。為了這個原因，我們可能會覺得我們這些第三者不該插手於其間，而只有生命受到威脅者才能決定。

　　不過這個描述的確完全能適用於下列事件：Ａ和Ｂ同在一救生船上飄流，Ｂ身染惡疾，不過仍能存活；而Ａ如果感染上此惡疾，必定死去，要避免這情況的唯一辦法是把Ｂ推出救生船，落海而亡。當然，Ａ沒有權利這麼做。所以必須有某特別理由來解釋為何母親有權可以墮胎。

　　的確，在我們救生船例子和墮胎二者之間有重大的差別，而此點正帶著我們進入湯姆蓀教授論証的中心。在我們所想像的例子中，Ａ和Ｂ在救生船內有著同等的權利；而母親的身軀是她自己的，並非胎兒的，她對這身體有第一使用權；因為有優先使用的權利，所以不論母親的生命是否受到威脅，她都可以墮胎。湯姆蓀教授用下列方式總結這個論証：

> 我只堅持一點：有生命的權利，並不同時保証給予
> 利用他人身軀的權利，也不保証可以繼續使用另一
> 人的身體——就算那人是為了自己的生命而需要這
> 麼作。

這主張的一部份是非常正確的。對於 X，我沒有責任為了救 X 的生命，而讓他使用我的身體（或是我一生的積蓄、或是我唯一有的房子等等）；而 X 也沒有權利做上述等事，即使是為了救他自己的生命也一樣。如此說來，在實驗室培育的受精卵——若不把它植入女性身軀中，就會因而毀滅掉——實際上沒有權利使用任何女性的軀體。但是這部份主張和墮胎之事卻是不相關的，因為在墮胎事件中的胎兒是個人類，做母親必須殺害 X 才能得回她身體的整個使用權，這點才是全然不同的地方。

這點可以如下地的推出：……我們必須區分出奪走 X 的生命和救 X 的生命的不同，即使在我們假設人有責任不去做前者，而有責任去實踐後者的情形下。現在若真有後項責任存在，確定遠比第一項責任薄弱的多；在很多情況下我們不須執行後項責任，但必須執行前項責任。因而，我的確可以不負起搭救 X 的責任，而事實上我損失一生的儲蓄去搭救 X，我用我所有的一切去挽救 X 生命的行為是難能可貴的，但我真的沒有義務去執行它。同樣的結果可用在把我身體的一段時間使用權給 X，好挽回他的生命；然而，我們並沒有免除於不奪走 X 生命的責任，意即達成它必須喪失我所有的一切，但不是連我的生命都要賠進去……。

在湯姆蓀教授論文中，她曾想到過這個反對意見，她先假設了下個例子：一位有名的小提琴家，他罹患了腎臟病而

面臨了死亡的危險，他為了身體能使用你的腎臟，在沒有經過你的同意下，管子已就插入了你的身體一段時間：

> 有些人對於生命權的定義相當的嚴格，在他們的觀念中，它不包括給予所有東西的權利，而是等於並且只等於不被任何人殺害的權利而已。但在這裡，有一個相關的難題產生，如果每個人避免殺害那個小提琴家，那麼每個人會有許多不同的事是避免做的……必須抑制他不用管子插入你身體，但他有權利反對避免拔掉他和你的管子的每個人嗎？避免做這事，就是同意他繼續使用你的腎臟……那小提琴家實在沒有權利反對你同意他繼續使用你的腎臟。

把這個論証移到墮胎的事來看，我們可以看到湯姆蓀教授的論証如下列方式進行的：

1.假設胎兒有生命的權利，而這權利包括著不被懷著它的婦女殺害。

2.可是避免殺害胎兒，等於是允許它能繼續使用那婦女的身體。

3.所以我們第一個假設意謂著胎兒的生命權包含著繼續使用那婦女的身體之權利。

4.但我們都同意胎兒沒有權利繼續使用那婦女的身體。

5.所以胎兒的生命權不包括免於被懷著它的婦女殺害的權利。

現在應該很明白這個論証的錯誤了。當我們以為胎兒沒有權利繼續使用那婦女的身體時，我們所指的是它並不單只因為繼續使用能救他的生命才擁有此權利；不過當然可能有其他理由來支持他有這項權利，其中一個理由是取回胎兒對

母體的使用權之唯一辦法是除掉胎兒，但不管是她或我們都沒有權利這樣做。所以，我認爲第 4 個假設是對的，而方向則是無關係的，且湯姆蓀敎授不能用在此處，因爲第 4 個假設只在與挽救胎兒的生命有關例子時是對的，但不能用在與奪走他人生命有關的時候。

故我在此做一結論：湯姆蓀敎授並未証明出她的墮胎的主張是正確無誤的，在一開始，因她沒有充分注意到救 X 性命的責任和不奪走它二者間的區分，一旦注意到二者的區分，那麼母親沒有權利在胎兒已是個人的時候，爲了得回身體的使用權而去拿掉孩子。

關於婦女有自己的身體使用權這一點，如果從論証較大、較不精細的內容上再斟酌的話，可能會有用。婦女們的確在某方面因爲身軀的主權遭否認，已受到壓迫；但對我而言，因爲具有重大意義的改善壓迫的奮鬥正在展開，它的進展不該太過份，以致於破壞掉人與人間的穩定責任。父母可能不配擁有小孩，一個階級不該壓迫另一階級，一個種族或國家不該剝削另一個；對父母、社會上有權力的團體、優勢的種族或國家而言，刑罰是避免人做錯事，但那些刑罰絕不可能當成証明錯誤行爲的判準；比如說，如果胎兒是人的話，我以爲懷孕的刑罰不能用作爲毀掉它的理由……。

2.爲了救母親而墮胎

我們由思考胎兒的持續存在威脅到母親的生活這一點開始。在這例子中，她似乎強烈地主張打掉孩子，就算它是個有生命權的人類也一樣……。

爲什麼在胎兒成爲人後，不允許母親爲了救她自己的生

活而墮胎呢？畢竟，胎兒的持續存在對母親的生活形成了威脅呀！爲何不讓她採取一勞永逸的方法拿掉小生命除去威脅呢？

　　的確，可能不是母親自身，而會是內科醫生或者其他代理者採行墮胎，但這點差別似乎沒有關係。在我們的直覺上，生命遭受到威脅的人（暫稱他爲 A）可能奪走威脅他生命的人（B）之生命，或者請求他人（C）來代勞；更重要的是，當 C 爲了救 A 的生命而不惜奪去 B 之生命，這行爲是爲人所允許的（在某些例子中，甚至可能被人當成是應盡的義務來看待），用傳統的話來說，我們眞地視母親的權利爲被威脅的對象，或其他人的權利爲旁觀者，而把那威脅母親的胎兒之生命奪去。

　　教宗皮耶士六世（Pope Pius 6）以自我防衛立場來反對這個論証，以爲在自衛殺人的例子中，B 不正義的試圖地奪走 A 的生命，B 應爲此試圖負責。這說法著眼於 B 意圖（被人發現試著殺害 A）的角色上，是以結果來判定有罪；而連同此事的眞相爲除非制止 B，否則 A 會因而死去，故允許人奪取 B 的生命。讀者將會注意到墮胎的情形和上述是十分不同的。現在暫且略去不提——待會再回到此點——關於我們把胎兒形容成嘗試去奪走母親的生命是否恰當的問題，我們應百分之百同意胎兒不需爲這個企圖負責（就算發生的話），所以胎兒是無辜的、沒有罪，並且奪去胎兒生命的行爲不能和自衛殺人的例子相比較。

　　有另一個方式來陳述教宗皮耶士的觀點。思考下列的例子：讓我們試想 A 需要一種藥來維持生命，而 C 擁有一些這種藥，只有在 A 殺掉 B 後，C 才肯給 A 藥；更糟的是，A 沒有其他方法可以得到藥。在這個例子中，B 的存在確實對 A

的生命造成威脅；只有在 B 不存在的情況下，A 才能活；當然我們不會允許 A 為了救自己的生命而殺掉 B。為什麼不呢？這個例子和自衛殺人的範例有什麼不同呢？最簡單的答案是在這個例子中，當 B 的持續存在對 A 的生命造成威脅時，B 不會為了有取 A 生命之企圖而有罪，因為在一開始 B 就沒有試圖這麼做。現在如果我們思考一下，對母親的生命形成威脅的胎兒之情況，就如同藥的例子，而不像是自衛殺人的例子。胎兒真的對它母親的存在造成威脅（在我們假想的情況中），但不因企圖奪去母親的生命而有罪。總而言之，類似於藥的例子，母親（或她的代理人）不能以自衛殺人的例子容許人去殺害威脅者為理由，而正當地毀掉胎兒。

在前面二個例子的說服中，指出一件事：在我們能明確地決定是否能以墮胎來挽救母親生命之事視做人們同意自衛殺人這種行為之前，必須要更仔細地分析威脅這整件事情；如果我們再度回顧威脅的範例，可看出有三個因素牽涉在其中：

1. B 的持續存在對 A 的生命形成威脅，而且只有靠奪走 B 的性命才能解除威脅（我們應指此為危險的條件）。

2. B 不公正地試圖拿走 A 的性命（我們應指此為企圖的條件）。

3. B 應為他奪走 A 生命的企圖而負責（我們應指此為有罪的條件）。

在藥的例子中，只具有危險的條件。我們在直覺上以為 A 奪走 B 生命的行為是錯的，反應出我們的信念：光就 B 對 A 是危險的事實而言，不足以建構出殺害 B 之行為是殺威脅者的正當行為。但如果像教宗皮耶士一般，以為在所有三個條件都滿足了，則殺害 B 之行為是自衛殺人的正當行為，這

個結論就太倉促了。舉個例子吧！若前二個條件都滿足了，但不具有有罪的條件時，將會如何呢？

　　有很好的理由來假定若滿足前二個條件，就有充分的理由証明殺害 B 之行為是自衛殺人的行為；例如說，試想類似自衛殺人的範例的情況——B 將要槍殺 A，而 A 想阻止他的唯一辦法是先殺掉 B，但 B 未成年，他不能為自己殺 A 的企圖負責。在這個例子中，只剩下有罪的條件未滿足；雖然事實如此，A 仍有充分的理由視奪走 B 之行為做自衛殺人的行為。因而威脅者的有罪並非合法自衛殺人的要求條件……。

　　總結我們對自衛殺人案例的一般性討論，我們可以這樣說：滿足危險的條件不足做為自衛殺人的正當理由，若再加上滿足了……企圖的條件……的話，則有充分的理由可以殺害威脅者來救被追捕人的生命，無論如何，沒有必要滿足由知識和意圖構成的有罪的條件……。

　　照這麼說，則在必須救母親生命的情況下，拿掉胎兒是為人所允許的自衛殺人的行為囉？在這種例子中，胎兒真的對母親來說是危險的；但很顯然的，這個例子未滿足企圖的條件，胎兒對於我們所指之事既沒有概念也沒有任何意圖；更進一步說，胎兒的角色並未做出會威脅到母親生命的事……故拿掉胎兒不是為人所允許的自衛殺人的行為……。

3.考慮其他二個例子

　　目前我們所著眼的論証都試著指出並証明：墮胎一事與其它取人性命的案例有特別不同之處。我們現應考慮某些針對特別的墮胎事例的言論：母親遭強暴而懷有孩子的例子……擁有小孩對家中其他成員造成問題之事例（後者在社會

議題上是很特殊的例子）在提及這些事項時，我們應看一下典型的刑法規範的文案中是否有任何允許墮胎的論點。

當孕婦是因為遭到強暴而懷孕時，支持她有權拿掉胎兒的考慮理由有二個不同意見，理由如下：(A)當婦女從強暴事件中遭到巨大創傷，造成了生理和／或心理上的後遺症。這論點以為若要此婦女承受強暴事件所帶來的懷孕並還得生下原本不想要的小孩，實在異常地不合理；所以就算在胎兒是人的階段時，母親仍有權打掉肚中小生命。(B)當事的胎兒無權要求此婦女，它是強暴者侵犯她時留下的結果，它的存在對母親而言就是侵犯的行為。

第一個論點很有力，我們都能同意被強暴的婦女非常不幸地遭到可怕的不公平待遇；然而我們必須要考慮的問題在於：她是否就可以順理成章的拿掉小生命，不須有道德上的顧慮。經過思考反省後，我們會發現強暴這種行為固然是不正當的，但犯罪的人並不是胎兒，也不是胎兒允准此暴行；如此說來，不公正的行為不該影響到胎兒的權利，它全然是無辜的。留下的事情是母親早先的不幸（以及她必須要承受不公平的懷孕，更得擔負起撫育的責任，最低限度也得做到讓小孩被領養、或者由自己擔負此重荷）。雖然母親的處境不幸，雖然不公平，但不能作為了緩和傷痛而奪走無辜者的性命，不幸和不公平不足夠作此種行徑的正當理由。

在此時論証 B 加入論辯，它整個論點是就胎兒在母體內的存在而言，胎兒犯了侵犯母親的罪，比起強暴者帶給母親的傷害，是有過之而無不及，因而母親有權利藉打掉胎兒而趕走傷害。但……(1)胎兒確實是無辜的（就責任歸屬而論）它未做出任何會傷害母親的舉動，再說(2)不管母親的遭遇有多不幸，只就胎兒是存在她體內的小生命來看，其實對她並

不構成侵害。B 論點在 A 論點最需要它支援之時就敗下陣了，所以我們可以結論出：母親不能以因強姦懷孕的理由墮胎……。

我們終於要進入懷孕對家中成員帶來問題的案件了，在這裏必須要同時考慮到一些同類事件；也許孕婦的健康狀況會在某程度上影響她，使她不能在懷孕期間，或者甚至之後善盡一個做妻子和母親的職責；也或許懷孕時陸陸續續的花費完全超出家庭的財政能力。重點在於懷孕後續情況對母親和胎兒以外的其他無辜涉入之家庭成員會產生嚴重問題，而母親是否有權拿掉胎兒來逃避問題則有待爭論。

至此，論証的困難應是很明顯的。我們早先已了解到，光就胎兒在母體之存在威脅到母親的事實，不能賦予墮胎的正當權利，那麼當威脅傷害的對象不是母親而是其他家中成員時，為什麼會以為這事實能造成任何改變呢？當然，情形如果是胎兒做了侵犯家中其他成員的事，結果自是不同。但，和先前同樣地，事情就不是如此。

所以，我們結論這些特殊情況中，沒有一個能在胎兒是人的論點上，給予胎兒正當理由……。

4. 胎兒的人性和腦部的功能

我們現在必須考慮的問題是胎兒的人性問題。有人由概念上論証胎兒是具有生命權的人類（或者，方便地說，只是一個人類）。其他人則以為胎兒是在出生的當下才算做是人。還有很多立場是介在這兩個極端之間的意見，也都提出了各自的看法，我們要如何才能決定何者是正確的呢？

我們在這兒所做的分析是基於某些形上學的假設，這些

假設我在別處已答辯過了，它們分別是（a）問題在於何時胎兒具備了成為個人所應具有的重要（必要）性質，因為當它具有那些時，就是個人類了；（b）若失去上述的性質的任何一種，意謂著此人不存在了，且不僅僅是停止生為人的身份而已；（c）當一個人不存在時，即這個人死亡了。從這些假設推得：當胎兒得到所有人之為人的特質時，它就變成人；失去了其中任何一點，將會導致胎兒的死亡。所以，我們必須轉去分析死亡……。

如果我們假定死亡和不存在只有在腦部功能不可修補性的停止（請牢記這個條件本身如我們說過的是醫學上的判斷）時發生，那麼先要考慮的問題是：什麼性質對人而言是非常重要的。之後必須要考慮的是在較複雜的保羅‧拉姆色死亡理論（典型傳統觀點）前提下，同樣的問題是否仍是正確的。

根據所謂的腦死理論，不管發生了什麼事，只要腦部功能沒有不可修復性的停止，這個人還是繼續存在。若真如此，似乎可以推論只有一個對人之屬性很重要的性質──先撇開不提包括於其中的其他性質，那就是擁有未遭到不可復原地停止運作的腦部。

緊接這結論而來的是一些結論。我們可以看到一些關於人性要素的主張，通常是很先進的，不過卻是錯誤的。例如，像是主張移動，或者只是移動的能力對人的屬性是不可或缺的言論，就有錯誤。一個人若停止移動，或者甚至是一個已經失去行動能力的人，他的生命並不因而停止存在。能移動和**經驗後的**（fortiori）移動並不是人的必要性質，因而對人的屬性也不是不可或缺的；類似地，主張可以讓他人感覺得到對人的屬性是必要的言論，也是錯誤的。一個人類若不再為其他人覺察到（像有人孤立處在月球的另一側，連雷達通訊

系統都無法測知到）並不停止生存。為其他人覺察到不是一項人類的重要性質，且對成為一個人而言，也不是不可或缺的。一樣的觀點也可用在主張視覺對成為人是必要的、獨立存活是重要的人之屬性、和實際與他人交往對成為人是必要的上述種種言談上。喪失了上述任一點性質並不意謂著此人已經不在人世間，所以它們中沒有一個對人而言是重大的，也沒有一個對成為人而言是不可或缺的。

讓我們先看一下下面的論証：(1)運作正常的腦（或者就算不在運作，也至少具有感受的功能）對成為人而言是不可或缺的，故它是每個人類必須具有的性質。(2)當一實體得到那個性質時，它就擁有全部其它對人類很重要的特質。因而，當胎兒有了兩個性質時，它也就成為了人。根據腦死理論，我們所談的那個性質是所有人都必須要有的性質，這點應該是很清楚的。還有一個問題是我們要去想的：第二個前提是否為真；從表面上看來，它的真假不是由腦死理論可以判斷來的，畢竟我們的確了解到理論說的只有一個性質（連同那些包含在其中的性質）對成為人而言是重要的；然而，我不想只是全然依賴我先前的論証上，而擬改採不同的進路來加強第二個前提的可信度：我要採的重要方法是在胎兒確實有了正常功能的腦時（大約在六個禮拜發育後），記下它與正常人相似和相異之處。那時在我們的不可或缺的理論下，情形很明顯的，這些差異處和胎兒缺少某種對人極為重要性質是無關聯的。

六個禮拜後，胎兒在結構上還缺少極少數的人類特徵，不只是外在特徵的類似和具足內部器官，而身體的外形也變得圓圓的，更重要的，身體在運作中，不僅是腦部運轉而已，連心臟都強壯地跳動（至此時，胎兒已有它自己發展完整的

血液系統），胃在產生消化液，肝在製造血管細胞，腎臟正從血管中抽離尿酸，而神經和肌肉則同心協力工作，好使反射系統能開始回應。

胎兒在第六週的發育後，獲得了什麼性質呢？某些構造是晚點才出現的，包括手指甲（大約在第三個月時出現）、完整的發聲系統（大約也是那時出現）、味蕾和唾液分泌腺（再一次是在第三個月時出現）、頭髮和眼睫毛（在第五個月）。還有某些功能在第六個禮拜後開始，胎兒開始會排尿了（在第三個月）、自主的移動（在第三個月）、對外來壓力能做出回應（至少在第五個月）、能呼吸（在第六個月）。還有身材也穩定的成長著。最後，在出生的時候，胎兒停止接受由胎盤提供的氧氣及食物，而開始從口和鼻接收。

我不會用逐個逐個地檢驗每一性質（構造和功能上）的方式來顯示它們對人而言並不重要，先前被用來証明許多重要論者的主張是錯的過程很重要，在假設腦死理論是正確的情形下，我們可結論出胎兒在發育的第六週之後成為人。

然而，在這兒要注意一個複雜的情況。畢竟在肉體發展和在腦的運作上是漸進的階段。例如，胎兒的腦部（和神經系統）要等到懷孕的第三個月的時候才能完全發展到能自主行動。當然無疑地，胎兒到此發展的階段可算是人了。沒有人會主張能任意行動的人已死；類似地，能任意動作的胎兒早已是個人類。可能有人會想說胎兒要等到任意移動時才算是個人。所以，在假設腦死理論是正確的情況下，應會結論得胎兒變成為人的時間約在懷孕的第六週和第十二週之間。

但如果我們拒絕腦死理論，而採取看起來一樣有道理之拉姆色的死亡理論，情形又會如何呢？根據那個理論——我們稱之為腦、心和肺死亡理論——人直到腦、心和肺的自然

功能都無可復原地停止時，人才稱得上死亡而不再存在於世
上。按照這個理論所言，對成為一個人最重要的特質又是什
麼呢？

　　說真的，採信拉姆色的死亡理論沒有主要的典型，根據
那理論，對成為人最重要的、每個人類如果是繼續存在的話，
就一定要擁有正常運作（實際上或者是有潛能）的腦、心或
肺；只有當一個人類不再擁有這些時，他也就宣告棄世、不
存在了；而也就是表示當一個胎兒得到其中之一種的當下，
它成為人。

　　按拉姆色的死亡理論，這個論証是這樣子進行的：(1)擁
有正常運作的腦、心或肺（或者此器官不運作，也至少是處
於可以運作的狀態之下）是每一個人類必須要有的性質，因
為它對成為人而言是不可或缺的。(2)當一實體得到那性質的
時刻，它也就有所有其他對成為人很重要的性質。因而，當
胎兒得到那性質時，它就變成人。還剩一點：第二前提的問
題，因為胎兒的心臟相當早就開始運作，所以第二個前提的
真假並不清楚。很多系統尚未開始運作，且很多構造也還沒
成形；按我們不可或缺理論的思路下，我們應可結論出一
點：胎兒變成人是當它得到功能正常的心臟時（胎兒第一個
運作的器官）。

　　然而這裡有一個更複雜的問題，這個問題我們在腦死理
論中已遇到了且分析過了：我們要到何時才能判斷胎兒的心
臟開始運作？是在二週，當胎兒有了心臟且不定時收縮的時
候嗎？還是在第四到第五個星期，心臟雖並不能完全運作但
可規律的跳動、從開閉的血液系統中抽出血液細胞，且當心
電圖測示時顯示出的圖形和典型成人的圖形是一般之時？或
者是在第七週之後，當胎兒心臟是健全運行而且是「正常

的」？

關於胎兒何時變成人的問題，在我們的研究中尚未達成精確的結論。我們只知道時間應該是在第二週的末端到第三個月底之間。但在懷孕的當下，它實在不是個人類，要到第三個月底，它才算是人。雖然我們沒有達成問題最後的答案，不過把可接受的時間範圍做了相當程度地縮減了。

總結我們已談過胎兒變成有生命權人類的時間，是在懷孕的第二週到第十二週之間。我們也討論過除非在非常不尋常的情況下，否則墮胎是道德上所不允許之事。更要緊的是，沒有一個論証是訴諸於神學上的考量，因而我們可以得到一個以人權爲基礎，而在道德上反對墮胎的結論……。

＊本文經同意，摘譯自《性與哲學》（*Philosophy and Sex*）中的〈胎兒人性與本體論〉（Fetal Humanity and the Theory of Essentialism），eds., Robert Baker and Frederick Elliston (Buffalo: Prometheus Books).

焦點議題

1. 布羅迪是如何反駁湯姆蓀的墮胎立場？根據布羅迪所言，湯姆蓀因未列入考慮而導致失敗的區分是什麼？
2. 在布羅迪的估量中，判定一人合理自衛殺人的必要條件是什麼？胎兒符合這些條件嗎？
3. 根據布羅迪所言，胎兒變成具有生命權的人或人類是在什麼時候？你同意布羅迪的看法嗎？請解釋原因。

④ 贊成墮胎的人格論證*

Mary Anne Warren 原著　魏德驥　譯

　　娃荏(Mary Anne Warren)舊金山州立大學教授哲學，並且在女性主義的領域內寫作，包括《女人本性》(*The Nature of Woman: An Encyclopedia and Guide to the Literature*)(1980)。在本文中她辯護墮胎在道德上永遠被允許這種自由主義觀點。她以「人類」這個詞使用的歧義爲基礎攻擊努南(Noonan)的論證，指出這個詞有生物學和道德的意義。眞正要緊的是道德的意義，這預設了一定的特徵，諸如自我意識和理性，卻是胎兒所沒有的。在論文的結尾，她討論殺嬰的議題。

要爲墮胎的道德地位問題提供滿意的解答，「我們必須回答的問題」是：我們如何定義道德社群，一組具有完整而平等道德權利的實體，使我們能夠決定人類胎兒是否是這個社群的一員？精確地說，哪一種實體對生命、自由和追求幸福有不可剝奪的權利？傑佛遜把這些權利歸給所有的**人**（men），假設他把這權利「只」歸給人也許公平、也許不公平。或許他應該把權利歸給全人類。若是如此，那麼我們首先就遇到了努南定義是什麼使人成爲人的問題，第二是同樣重要但努南未考慮的問題，就是有什麼理由將道德社群等同於人類全體的集合，不管我們用什麼方式去定義道德社群？

1.論「人類」的定義

何以這重要的第二個問題在辯論墮胎的道德地位上常受到忽略，一個原因是**人類**（human）這個詞有兩個不同卻常常沒有區分的意義。這個事實造成意義的偏移，掩蓋了傳統論證的謬誤，這種論證爲(1)殺害無辜的人類是錯誤的，(2)胎兒是無辜的人類，所以(3)殺害胎兒是錯誤的。如果「人類」這個詞在(1)和(2)使用的是同一個意思，那麼這兩個假設之一就是在**乞靈於問題**（question-begging）。如果兩者意義不同，當然不能得到結論。

所以，只有「人類」一詞用來指涉「道德社群中羽毛豐滿的一員」時（未必要完全指涉 Homo Sapiens「智人」人種），(1)才是一個明白的道德眞理❶，避免在墮胎上乞靈於問

---

❶當然，殺害無辜的人類（永遠）是錯的這一原理需要許多其他的修正，例如，爲了拯救大多數其他無辜的人，可以允許這樣做，但是在此我們可以安全地忽略這些複雜之處。

題，我們可以稱之爲「人類」一詞的「道德」意義。這不應
該跟所謂的**遺傳**(genetic) 意義混爲一談，這種意義是，這一
物種的「任何」成員都是人類，而任何其他物種的成員都不
是。如果(1)只有在道德意義上能被接受，(2)就只有在遺傳意
義上不乞靈於問題。

　　在〈決定誰是人類〉(Deciding Who Is Human)一文
中，努南藉由指出胎兒具有所有的遺傳符碼和理性思考的潛
在能力❷，論證贊成把胎兒歸類爲人類。如果他那個版本的
傳統論證要有效，很明顯地他必須指出，胎兒在道德意義上
是人類，於道德意義上所有人類都具有全部的道德權利，這
一點在分析上爲眞。但是，在缺乏任何論證能指出凡是遺傳
上的人類都是道德上的人類時，他也沒有提供這樣的論證，
人類遺傳符碼的存在僅只能夠證明遺傳的人性。而且，我們
會看到，理性思考的「潛在」能力最多只能顯示一個實體在
道德意義上有「變成」人類的潛力。

2.定義道德社群

　　遺傳人性對於道德人性是足夠的，這一點可以成立嗎？
我認爲有很好的理由不這麼定義道德社群。我想要提議出另
外一種定義道德社群的方式，而且只有在要解釋它爲什麼是
或者應該是自明的範圍，才提供論證。這個提議就這麼簡單：
道德社群只有由所有的**民衆**(people)組成，而非只有由所有
的人類組成❸；或許證明它自明的最佳辦法是考慮人格的概

---

❷ John Noonan,"Deciding Who Is Human," *Natural Law
　Forum,* (1968),p.135。

念，看看哪一種的實體有或者沒有人格，以及實體有沒有人格的決定在其道德權利上有何意涵。

什麼樣的特徵使一個實體被當作是有人格的？這裡明顯不是個嘗試完整分析人格概念的地方，但是我們不需要這樣一個完整的正確分析來決定胎兒有沒有人格或爲何有沒有人格。我們只需要關於人格最基本判準的粗略名單，和一個實體爲了要正確的叫作具有人格，需要滿足哪些或者多少理念。

在尋找這些判準時，超出我們熟悉的人群而去問一個完全相異的實體是否有人格，是有用的（因爲我們沒有權利假設遺傳人性爲人格所必須）。假想一位太空人登陸到一個完全未知的行星，遇上了他見所未見、聞所未聞的族類。如果他要確定是否要道德地對待這些實體，他必須決定它們是否是人類故而有全部的道德權利，或者是可以把它們當作食物來源而不需要感到罪疚。

他應該如何作這個決定？如果他有點人類學知識背景，就會去尋找宗教、藝術、工具、武器、庇護所之製作，因爲這些因素被用來區分我們人類和前人類的祖先，在比較接近「人類」的道德意義而非遺傳意義下。無疑地，他可以以這些因素當作那些異形是民眾、在道德上是人類的良好證據。如果由於欠缺證據就認爲它們不是人，就太過於以人類爲中心了，因爲我們可以想像有人進化超越，或著在演化中從不曾發展這些文化特徵。

---

❸由此以下，我們以「人類」指涉遺傳上的人類，因爲道德上的意義似乎緊密的關連著，甚至也許是得自於，遺傳人性足以使他成爲道德社群之一員的假設。

　　我提議，人格概念或者道德意義下的人性概念是最核心的特徵，大概是以下幾點：

　　1.意識（對這個實體的外在及／或內在對象與事件的意識），特別是感受痛苦的能力；

　　2.推理（「發達的」解決新的、比較複雜問題的能力）；

　　3.自發的行動（相對獨立於遺傳或者直接外在控制的行動）；

　　4.溝通的能力，不論以什麼方式，傳達不特定種類的訊息，也就是，不只傳達不特定數量的可能內容，也傳達很多可能的議題；

　　5.自我概念或自我意識的出現，不論是個人的、或宗族的，或兩者皆有。

　　可以承認的是，這些判準要精確地定義會牽涉到許多問題，更不用說是去發展普遍有效的判準尚決定它們應用的場合。但是我要假設我們和研究者大概知道(1)-(5)的意義，也決定它們是否可用。那麼，他應該如何使用他的發現去決定異形是不是人？我們不需要假設一個實體必須具有「全部」這些特徵才算的上是個人；(1)和(5)大概就足以定義人格，很可能(1)-(3)就夠充分了。我們也不需要堅持任何一個判準對人格都是「必要」的，雖然(1)和(2)看起來相當像是必要條件，(3)也很像，如果「活動」也包含了推理的活動。

　　要證明胎兒沒有人格，我們只需要聲稱凡是不滿足(1)-(5)之中「任何」一條的實體都沒有人格。我認為這種聲稱非常明顯，如果有人否定它，宣稱不滿足(1)-(5)之中任何一條的實體依然具有人格，只會證明他對於人格是什麼完全沒有概念──也許是因為他混淆了人格和遺傳人性的概念。如果反對墮胎者要否定這五個判準的正確性，我不知道還有什麼論證能

夠說服他們。只怕我們得承認我們的觀念架構的確徹底不同，我們的爭論無法客觀地解決。

我不期望這件事發生，但是我認為人格概念是一個進一步的概念（對人而言），對贊成和反對墮胎人士而言是共通的，即使雙方都不完全瞭解這個概念和雙方爭論的答案有何相關。再者，我認為在反應之後，即使反對墮胎者也必須同意，不僅(1)-(5)是人格概念的核心，而且唯有所有的人才有全部的道德權利，也是這個概念的一部份。人格的概念也有一部份是個道德概念；一旦我們承認某甲是個人，即使我們沒有同意去尊重他，我們也已經承認了某甲作為道德社群之一員的權利。確實，宣稱「某甲是個人類」比宣稱他有人格更常被用以訴求正直地對待某甲，但這或者是因為「人類」這個詞的使用蘊含了人格的意思，或者是因為「人類」這個詞的遺傳和道德意義相混淆。

如果(1)-(5)確實是人格的基本判準，那麼，很明顯地，遺傳人性既不是實體建立人格的充分條件也不是必要條件。有些人類並非民眾，也有些民眾並非人類。一個永遠喪失意識但仍然活著的男人或女人是人類，卻不再有人格；有缺陷、沒有可知心靈能力的人，絕不是也可能永遠不會是民眾；而胎兒是個還沒有人格的人類，所以不能融貫地說他具有全部的道德權利。下個世紀的公民會準備承認高度進步、自覺的機器人或電腦，如果它們被發展出來的話，和其他世界的有智慧居民，如果他們被發現的話，承認他們在最完整的意義下為民眾，並且尊重他們的道德權利。但是將道德權利歸屬於無人格的實體，就像將道德義務與責任歸屬於這種實體一樣荒謬。

3.胎兒發展與生命權

運用這些提議於定義道德社群，以決定人類胎兒的道德地位時，發生了兩個問題。假設人格的範例是正常的成年人，那麼(1)一個人類在他還沒有開始為因為他是個完整的人而享有生命權，而只是像個人的時候，必須多像這個典範，特別是從他懷孕以來要發展了多少？和(2)胎兒具有變成人的「潛能」這件事實在什麼程度之下賦予胎兒一些相同的權利（如果有的話）？兩個問題都需要一些評論。

回答第一個問題的時候，我們不需要嘗試仔細地考慮，被當作是人的那些不夠發達、不夠覺醒、不夠聰明卻又在有些地方像人的有機體，他們的道德權利。提議在相關方面越像人的實體越應該視他具有生命權，好像蠻合理的，確實他的生命權也越強。所以我們應該認真地看待這個提議，儘管「人類個體在生物學上以連續的方式發展……有人格的人的權利也會以同樣的方式發展。」❹但是我們必須留心，決定一個實體是否夠像人、像到必須當他具有一些同樣的道德權利之相關屬性與決定他是否具有完整的人格之相關判準無異──也就是說，與(1)-(5)無異──而遺傳上的人，或者具有可以辨認的面部或其他生理特徵，或可以探測的腦部活動，或者在子宮外的生存能力，都根本不是相關的屬性。

所以，很清楚的是，即使一個七、八個月大的胎兒，具

❹Thomas L. Hayes,"A Biological View ", *Commonweal,* 85 (March 17, 1967), pp.677-78; quoted by Daniel Callahan, in *Abortion: Law, Choice and Morality* (London: Macmillian & Co., 1970)

有會激起通常被小嬰兒所激起的一樣強烈保護本能之特徵，
它不會比一個很小的胎兒更明顯地像個人。它是「有點」更
像個人；很明顯地它可以感受疼痛並且加以反應，甚至還可
能有原始形式的意識，只要它的腦部相當活躍。不過，似乎
可以安全說，它並不是完全有意識的，就像幾個月大的嬰兒
一樣，它不能推理，或者不能溝通許多種不同的訊息，不能
從事自發的行動，也沒有自我意識。故而，在「相關」的面
向上，胎兒，即使它已經完全發展，還是比一般成熟的哺乳
類動物更不像人，甚至於比一般的魚更不像具有人格。我認
為有理性的人雖然如此結論出，如果胎兒的生存權立基於它
和人的相似，那麼讓我們說，它的生命權就不會比一隻新生
的古皮魚（魚似乎能夠感覺痛苦）更多，而那種權利的強度
在她懷孕的任何階段，絕不能超越婦女墮胎的權利。

　　當然，有其他的論證贊成，為執行墮胎加上懷孕不同階
段上的法律限制。由於懷孕第三期人工流產的新技術比較安
全，婦女的生命或健康的威脅不再是問題。事實上民眾對懷
孕後期墮胎這種想法的情緒性排斥也不再是問題，因為在決
定應該容許什麼時，情緒反應本身無法替代道德推理。最後，
我們常聽到的論證說，合法的墮胎，特別是懷孕後期的墮胎，
會侵蝕對人類生命的尊重，可能導致非法安樂死或其他犯罪
的增加，這也不是問題。因為這種威脅，如果算是威脅的話，
它更好的應對方式是教育民眾我們在此所做的這些道德區
分，而非限制墮胎（這種限制，不尊重女人的權利，也同樣
損害對人權的尊重）。

　　所以，由於一個完全發展的胎兒也不夠像人，不能像到
因為它的相像而取得顯著的生存權，這個事實顯示出，在懷
孕不同階段上墮胎的法律限制，無法在我們應該保護已成長

胎兒之生存權的理由上加以認可，單因爲這種限制沒有其他
明顯的肯定證明，我們可以結論說它完全不受認可。

4. 潛在人格與生命權

我們已經知道胎兒不像人類，不像到完全不能支持宣稱
它也有一些相同權利的說法。但是它的「潛能」呢？如果受
到哺育並且任其自然發展，它很有可能會變成人？這一點不
就至少給它一些生存權了嗎？一個實體爲一個潛在的人是不
可摧毀它的表面強烈理由，這是難以否認的事實；但是我們
不必因此結論，潛在的人由於它的潛能而有生命權。在其他
條件相同之下不要摧毀潛在的人會比較好，這個我們的感受
可能由這個事實解釋起來更好：潛在的人仍然（被覺得）是
無價的資源，不能夠輕易地浪費。當然，如果每一點塵埃都
是個潛在的人，我們就沒那麼想要結論，說每個潛在的人都
有權去實現。

然而，我們不需要堅持潛在的人沒有任何生命權。在恣
意摧毀潛在的人卻非保護任何人的權利所必須時，很可能會
發生非但不謹愼甚至不道德的事。但是即使潛在的人表面上
確實有一些生命權，這種權利並不可能超越婦女獲得墮胎的
權利，因爲任何眞實人的權利不變地超越潛在人的權利，當
兩者衝突時，因爲這在人類胎兒的情形並不直接明確，讓我
們看看另一個例子。

假設我們的太空探險家落入了外星文明之手，他們的科
學家決定要創造數十萬甚至更多的人類，將探險家的身體分
解成它的組成細胞，加上人的遺傳符碼去創造發育完全的人
類。我們可以想像，每個這麼新造出來的人會具有原來人的

所有能力、技巧、知識等等，也具有分體的自我概念。簡言之，每個人都會是個不折不扣的人（雖然一點都不獨特）。想想看整個計畫只花了幾秒鐘，而成功的機會極高，而我們的冒險家知道的一清二楚，也知道這些人會受到公平的對待。我主張，在這種情形下，他完全有權利逃跑，如果他跑得掉，並且剝奪所有潛在的人他們潛在的生命；因爲他的生命安全超越了其他所有人的總和，儘管它們在遺傳上都是人類，都無辜，而且如果他不行動的話，都極有可能變成人。

的確，我認爲他有逃跑的權利，即使外星人科學家只是打算剝奪他一年、甚至一天的自由，而不是他的生命。即使他被抓是因爲自己不小心（而使所有潛在的人存在），或者在知道結果的情形下，故意被抓，他也沒有義務要留下。不管他是怎麼被抓的，他沒有任何道德義務在「任何」時候被拘留，只爲了讓一些潛在的人能夠存在，這個差等大到，一個眞實的人他的自由權超過千萬潛在人的任何生命權。這麼結論似乎是合理的：婦女以同樣的差等超越胎兒因爲它的潛在人格而具有的任何生命權。

所以，胎兒和人的相似或著它成爲人的潛能，都不能提供任何理據以支持胎兒有任何顯著生存權的主張。所以，女人以結束她不想要的懷孕，來保衛她的健康、幸福、甚至生命的權利，永遠超過任何胎兒所可以有的生命權，即使它已經發育完全。那麼，在缺乏對每個可能小孩壓倒性的社會需求下，限制墮胎權或著限制墮胎執行的懷孕期的法律，是對於婦女最基本道德與憲法權利完全不正當的侵害。

後記　論殺嬰

在這篇論文發表之後，許多人撰文指出我的論證似乎不僅證成墮胎，也證成殺嬰。因爲初生的嬰兒並不明顯地比已經發育的胎兒更像個人，結果就是，如果可以殺胎兒，就也應該可以殺嬰。就大多數的人而言，不論他們對墮胎抱持什麼樣的看法，都認爲殺嬰是一種謀殺，這好像表示我的論證有嚴重的漏洞。

如果我的主張──只有民衆才具有完整的生命權、才能夠被謀殺──是對的，以及人格的判準和我描述的一樣，那麼很明顯地會推論出，殺剛出生的小孩並不是謀殺。但是並「不能」推論出，殺嬰是可以接受的。有兩個原因。首先，至少在這個國家、在這個時代，在別的條件平等之下，殺一個剛出生的嬰兒是錯誤的，因爲即使他的雙親不要他，而且也不會因爲他死而難過，也還是會有別人想要他，會因爲他的死而喪失許多歡樂。所以，殺嬰是錯誤的，理由類同於恣意地破壞自然資源或者偉大藝術品。

其次，大多數的人，至少在這個國家，把嬰兒當寶，即使一時找不到養父母，也寧願先保存他們。我們大都寧可付稅支持孤兒而不讓沒人要的嬰兒死去。只要有人想要保存嬰兒，並且有意願、有能力提供照顧它的資具，在合理的人性情境、其他條件一致之下，摧毀他是錯誤的。

但是，有人會答稱道，如果這個論證證明殺嬰是錯誤的，至少在此時此國，那麼它不也畢竟證明，許多人珍視胎兒，因爲胎兒之死而受到打擊故寧願保存胎兒，即使自己付出一些代價。甚至，當作一些養父母家庭樂趣的潛在來源，胎兒

和嬰兒一樣有價值。然而，兩者有一個關鍵性的差別：只要
胎兒還沒有出生，胎兒的保存若違反了孕婦的意願，就侵犯
了她的自由權、幸福權和自主權。她的權利超越要保存胎兒
的權利，就好比有人的生命或肢體受到野獸的威脅，他殺死
野獸以保護自己的權利超越保護動物者的權利。

　　但是，在嬰兒生下來的那一刻，嬰兒的保存已經不侵犯
他母親的任何權利，即使她想要殺了他，因為她已經可以自
由決定讓小孩被收養了。所以，雖然出生並不標示嬰兒擁有
生命權的程度有尖銳的不連續，卻標示出他母親決定他命運
的權利已經結束了。確實，如果墮胎不需要殺死胎兒，她就
絕不擁有殺死胎兒的權利，根據同樣的理由，她也沒有權利
殺死嬰兒。

　　另一方面，從我的論證幫助推論出，當一個沒人要或者
有缺陷的嬰兒出生到沒能力或者不願意照顧他的社會中，那
麼殺死他是可容許的。這個結論無疑地會嚇壞許多人，認為
這是沒心肝、不道德的；但是，切記有這種想法的人他們的
存在，他們願意也有能力照顧沒人要的小孩，這個理由就足
以結論出嬰兒應該被保存。

　　＊本文經同意轉譯自 *The Monist,* Vol.57,no.1(1973)

焦點議題

1. 在什麼方式下「人類」這個詞是歧義的？這種歧義如何影響反墮胎的保守論證？
2. 根據娃荏女士的說法，什麼特徵會使一個實體成為有生命權的人？你同意她嗎？
3. 根據娃荏女士的說法，女人在什麼時候有權墮胎？
4. 娃荏女士在殺嬰是否道德的立場有何意涵？你認為這影響到核心的論證嗎？

⑤ 反對墮胎的金科玉律*

Harry J. Gensler *原著*　　魏德驥　*譯*

　　甘斯樂(Harry J. Gensler)是芝加哥羅耀學院
的哲學教授。在本文中,甘斯樂做了三件事。第一,
他分析了**人類**(human)這個詞的意義,和人類生活
何時開始的問題。第二,他檢查了贊成墮胎的主要
論證,並且結論出沒有一個成功。第三,他用建立
在一致性上的康德式論證（一種金科玉律）以指出
通常墮胎在道德上是錯的。在結尾,他回答了六個
反對他立場的異議。

　　如果你在十年前問我對墮胎道德性的看法，我會說，「我沒有看法──這個議題困擾我。」但是現在我認爲墮胎是錯的，而且一種康德式的一致性要求，多少會強迫我們思考這件事。第三部份會列出我的推論。但是首先，在第一、第二部份，我要指出爲什麼對墮胎的許多傳統與新的論證都無效。

Ｉ. 傳統的反墮胎論證

　　有一種常見的傳統論證這麼說：

> 殺害無辜的人類生命是錯誤的。
>
> 胚胎是無辜的人類生命
>
> 所以，殺害胚胎是錯誤的。

這個看起來簡單的論證造成一些困難的問題：

> 墮胎「永遠錯誤」或者「平常」是錯誤的？如果是後者，我們如何決定困難的狀況？
>
> 胚胎在傷害婦女的生命、健康或社會福祉時是「無辜」的嗎？
>
> 在「殺」與「讓他去死」之間──或者在「直接殺害」與「間接殺害」之間，有沒有清楚而且在道德上重要的分別？

　　我不會討論這些重要的問題；一個論墮胎的短文回答不了這許多問題。但是我會討論這個問題：「『人類生命』這個詞在墮胎論證中究竟是什麼意思？」大家常常假設這個詞的意思清楚，以及主要的問題是個事實的問題：究竟胚胎是不

是一個「人類生命」（在清楚的意義下）。但是我認為在這個脈絡下，這個詞模糊不清，而且以不同的意義而被使用。

假設我們發現一位能討論哲學的火星人；他是「人類」嗎？我們需要區分：在「會思想的動物」（「理性的動物」）這一意義下，火星人是人類，但是在「『智人』人種的一員」這個意義下不是人──所以火星人在一種意義下是人，在另一種意義下不是。在墮胎論證中應該用哪一個意義？胚胎還不是「會思想的動物」。他是「『智人』人種的一員」嗎？這取決於未出生者是否算是某一物種的「成員」──日常語言可以兩種用法都用。在生物實驗室中我們都（不管對墮胎的觀點為何）區分「人類」胚胎和老鼠胚胎──在這個意義（「遺傳意義」）下胚胎是人類。但是在計算芝加哥的人口或鼠口時我們都（不管對墮胎的觀點為何）只計算已出生的──在這個意義（「人口研究的意義」）下胚胎不是個人類。所以胚胎是「人類」嗎？在我們已經區分的兩個意義下，答案是「不是」，但是在第三個意義下答案是「是」；胚胎是不是「人類」取決於「人類」這個詞的意義。

人的生命可以宣稱由不同的起點開始：

(1)在懷孕時。

(2)當個體性得到保障時（胚胎組織不會斷裂或者和別的組織融合）。

(3)當胚胎有腦波時。

(4)當胚胎能夠自己生存時。

(5)出生時。

(6)當實體有自我意識和理性時。

在這裡我們並不是對事實上何時出現「人」，在這個詞同一個清楚的意義下，有不同的意見，而是有六種使用這個詞

的方式。答案(1)在「遺傳意義」下正確，(5)在人口研究意義下正確，而(6)理性動物意義下正確；答案(2)到(4)反映了其他的（可能是獨特的）意義。在這六個意義之外「人類」可能會有其他的意義。這些之中哪一個我們會用在第一個假設上（「殺害無辜的人類生命是錯誤的」）？不同的原理取決於使用「人類」這個詞不同的意義。

我們能訴諸科學資料以決定要使用那個意義嗎？科學資料能幫助我們判斷一個特定的個人在特定的意義下是否是個「人類」（例如，意義(3)和(4)），但是它不能告訴我們在我們的原理中要使用「人類」這個詞的哪一個意義。

我們能藉由「直覺」——遵循「看起來」最正確的原理，作決定嗎？切記道德直覺極為仰賴教養與社會環境。多數的天教教徒被教養成具有贊成意義(1)（「遺傳意義」）的直覺。許多古希臘羅馬人被訓練成具有意義(6)的直覺（容許墮胎「和」殺嬰）。而許多今日的美國人被訓練成具有意義(5)的直覺（容許墮胎卻不容許殺嬰）。有任何解決這個衝突的辦法——而不只是稱讚我們自己的直覺卻侮辱相反的直覺嗎？我們能繼續我們的推論嗎？我認為可以，而且對一致性的康德式訴求提出了理性解決爭議的途徑。

II. 一些最近的贊成墮胎論證

在進入康德式的途徑之前，讓我們考慮三個贊成墮胎的論證。一個常見的功利主義論證這麼說：

> 任何有好結果平衡的事（關係到個人），在道德上是可容許的。

墮胎通常有好結果的平衡（關係到每個人）。

所以，墮胎在道德上通常是可容許的。

在這裡，「好結果」通常以快樂和痛苦（「享樂主義行為的功利主義」）或者欲望的滿足（「愛好行為的功利主義」）來詮釋。

第二個假設（墮胎的好結果）有爭論。贊成這個假設的人說墮胎通常避免了諸如子女對貧困父母或社會的財務負擔，教育或者事業的中斷，未婚媽媽所受的輕視等等困難；當這些問題或者可能的生育缺陷存在時，將要誕生的小孩難有幸福的機會；而當避孕失敗或者人想要重新考慮提早決定時，墮胎也提供了避免出生的「第二個機會」。但是反對者說不需要墮胎我們也可以有同樣的好結果，只要運用比較好的社會結構（給未婚媽媽和貧困家庭更多的支助，更好的收養制度，更聰明地運用避孕術等等）和科學上的進步（更好的避孕術，人工子宮等等）他們還說墮胎會傷害孕婦的心理並且會促成對人命的冷漠態度。

我認為比較弱的一環是第一假設——論證的功利主義理據。這個假設通常會證成不只是殺胚胎，還有殺嬰和殺死疾病的、殘障的、年老的人；許多功利主義者在家中不要有小孩的理由也可以用以不要老祖母。而這些假設不只可以在有很大的功利時，甚至也可以在功利極微時，證成這些殺戮。功利主義說只為總樂趣（或欲望滿足）帶來了一點點的增加，就可以證成可以殺一個無辜的人，這的確很怪異。

想像在一個小城中，私刑會帶給民眾樂趣（或滿足它們的欲望），而功利主義的警長每個禮拜對一個人用私刑，因為群眾的樂趣（或欲望）稍微超越了遭受私刑者的不幸（或欲

望受挫折）──所以這個行為稍微增加了「好結果」。如果功
利主義原理正確，那麼就能在道德上證成警長用私刑！但是
真的有人會相信私刑可以成立嗎？

我可以為功利主義奇怪不可思議的意涵提供更多的例
子。功利主義者想要蒙混過這些例子，但是我認為終究沒有
成功。所以我對功利主義的評語是它會證成許多怪異的行動
（包括許多殺戮），以至於我們如果要一致而且瞭解它的邏
輯後果，就不能接受這個原理。

我的第二個贊成墮胎論證得自於麥可・涂理（Michael
Tooley）。❶涂理承認人有生命權──可能比功利主義者承
認的更大的權利；但是只有在意義(6)（「理性動物」，一或者
如他所說的，「人格人」）之下的人類才有這樣的權利。人類
胚胎，雖然可能而已成有人格權的實體，當下的生命權不比

---

❶涂理原來的論證在"Abortion and Infanticide", *Philosophy and
Public Affairs 2*(1972), 37-65頁。他的觀點作了些加工，在*Philoso-
phy and Public Affairs 2*(1973), 419-432頁；在論文重印本的後
記中，見*The Rights and Wrongs of Abortion*, edited by Mar-
shall Cohen, Thomas Nagel, and Thomas Scanlon (Prin-
ceton, 1974), 80-84頁；在"In Defense of Abortion and Infanti-
cide"，見*The Problem of Abortion* (second edition), edited by
Joel Feinberg (Belmont, Calif., 1984), 120-134頁。（論證最後一
種版本的弱點似乎是這個假設：「一個在一時間中存在的個體不能
在其他時間中有欲望，除非它至少有一個時候具有持續的自我和心
靈實體概念」；這蘊含著不可思議的「你的寵物貓昨天不能有吃的欲
望，除非它至少有一個時候具有持續的自我和心靈實體概念」陳
述）。彼得・辛格對殺嬰和墮胎的辯護部份依靠涂理早先的論證，但
是主要依靠涂理的愛好功利主義；見*Practical Ethics* (Cambrid-
ge, 1979)第四、第六章。

老鼠胚胎多。胚胎缺乏生命權，因爲「權利」在概念上牽涉到「欲望」──所以只有你有欲望才會有權利。涂理的論證大體如下：

> 一個實體X有欲望時才對X有權利。
>
> 沒有胚胎欲求他的持續存在（因爲那麼胚胎就必須有自身爲持續經驗主體的概念──但是他還沒有）。
>
> 所以，胚胎對他的持續存在沒有權利。

涂理宣稱第一個假設本來的樣子不正確；我們必須加上三個條件使這個假設和我們對權利的直觀協調：

一個實體對X有權利，唯有在它欲求X或者它會欲求X而並非(a)情緒不穩或(b)暫時失去意識或(c)受到其他制約。他認爲修正後的第一假設會一樣有效（假定第二假設明顯地改變）；所以他結論出胚胎（和嬰兒）沒有生命權。

但是我們需要加入別的條件，使第一個假設符應於我們的直覺。如果我們認爲死人有權利（例如，使他們的遺囑被遵守），那麼我們需要加上「或(d)該實體在活著的時候確實欲求X」。如果我們認爲一個沒有「肝炎」概念的小孩（不能欲求不感染這種疾病）並不因此而喪失了他不被傳染肝炎的權利，我們就應該加上「或(e)實體如果有必要的概念就可能會欲求X」。如果我們認爲（我就是這麼認爲）林木和山谷有權在沒有良好理由下不受破壞，那麼我們就必須再加上一些別的條件。如果我們認爲胚胎（或嬰兒）有生命權，我們就需要再加上「或(f)如果實體要長大成爲他所屬理性物種的成熟一員，那麼他就可能會欲求擁有X」（假定胚胎會長成『智人』的成人，那麼他就會欲求擁有持續的生命這一點，加上(f)，

使胚胎擁有生命權）❷。涂理論證的問題在於，胚胎生命權
這個主論題的不調和，轉變成了如何檢定第一個假設使它和
「我們」的直覺相容，這方面的不調和；所以這個論證不能
決定主要的論題。

第三個贊成墮胎的論證得自於湯姆蓀(Judith　Jarvis
Thomson)。她假設胚胎是個「人格人」（在未定義的情形下）
❸：

> 一個沒有自願對另一個人承擔特殊義務的人，
> 沒有義務作任何需要巨大個人成本的事去保存另一
> 個人的生命。
>
> 通常孕婦對未出生的小孩（一個人格人）並不
> 志願承擔特殊的義務，而以繼續懷孕保存未出生的
> 小孩需要巨大的個人成本。
>
> 所以，通常孕婦沒有義務去繼續懷孕。

第一個假設在此似乎可以接受。通常你沒有義務冒生命
危險去救一個溺水的陌生人；如果你冒了生命危險，你所做
的就比責任所要求的更多。但是如果你是個有特殊義務的救
生員，情形就不一樣——你必須嘗試救這個人，即使自己冒
著生命危險。湯姆蓀認為懷孕想要小孩的婦女自願接受了對
小孩的義務，而且如果繼續懷孕需要巨大的個人成本，婦女
就沒有義務繼續懷孕；如果這個婦女墮胎，她沒有作錯事

---

❷(f)句是用來約束涂理的「超級貓」(superkitten) 論題，超級貓如果
　吃了一種藥就會有理性；我對超級貓（和科學怪人）的直覺並不很
　清楚。(f)句需要進一步加工。

❸"A Defense of Abortion", in *Philosophy and Public Affairs 1*
　(1971), 47-66頁。

——但是如果她不計個人成本繼承懷孕下去，她是在做英雄事蹟，超過了責任的要求。

湯姆蓀作了個類比。假設你一覺醒來發覺床邊有個無意識的小提琴家結合到你的循環系統上（他的朋友把他接到你身上，因為這樣才能救他一命）；如果你在九個月之前就把他分開，他會死——不然就可以活下去。即使犧牲自己讓他連上九個月很值得稱讚，你還是沒有這麼做的義務；你分開他在道德上是正確的，即使他會死。所以如果你在前述的情況下懷孕，即使犧牲自己懷胎九月是值得稱讚的，你還是沒有這麼做的義務；你如果拿掉小孩，在道德上是正確的，即使他會死。

湯姆蓀論證的第一個假設有一點點陳述偏差。機車騎士對於他在意外中撞傷的人有特殊的意義，即使他沒有以任何清楚的方式承擔這個義務（意外的發生違背了他的意願，所有理性的預防都不能阻止——就像意外懷孕一樣）。同樣地，小孩對他的雙親有特殊的義務——即使他不自願承擔這個義務。並非所有對別人的特殊義務都被「自願承擔」——所以這個詞應該從假設裡畫掉。

我對這個論證的主要反對可以作成一個雙刀論證。功利主義非真即假。若它為「真」，則第一個假設為假（因為人就有義務去作結果最好的事——不計個人代價）；所以支持墮胎的功利主義者辛格（Peter Singer）反對這個假設，因為它和功利主義衝突。但是如果功利主義為「假」，那麼羅斯爵士（Sir David Ross）宣稱以下的意見在道德上重要，大概是對的：

……對我保持著受諾人對承諾者、債權人對債務人、妻子對丈夫、「小孩對父母」（作者強調）、朋友

> 對朋友、同胞對同胞、以及其他等等的關係；而每
> 個這樣的關係都是表面義務的基礎，這個義務根據
> 狀況環境多少會落在我身上❹。

如果功利主義為「錯」，那一個人大概對他自己的子嗣比對一個不認識的小提琴家有更大的義務——所以第二個假設，宣稱孕婦對她的小孩沒有特殊責任，開始顯得可疑（回憶一下，我們畫掉了「自願承擔」這個詞）。

III. 康德式的論證

我對墮胎的康德式進路強調一致性。在討論功利主義時，我訴諸單純的邏輯一致性（接受一個原理也要接受它被承認的邏輯後果）。在此我要再使用兩個一致性的要求（建立在可普遍化和可規範性原理上）與由這兩個要求衍生出的第三個一致性要求(一種版本的金科玉律)。以下的論證陳列出這三種要求以及第三個要求如何由第一、第二個要求衍生出來：

> 如果你是一致的，而且認為某人「對X作A」
> 沒有錯，那麼你會認為在同樣的情況下某人「對你
> 作A」沒有錯。
>
> 如果你是一致的，而且認為某人在同樣的情況
> 下對你作A「沒有錯」，那麼你會「同意」在同樣的
> 情況下某人「對你作A」的想法。
>
> 所以，如果你是一致的，而且認為「對X作A」
> 沒有錯，那麼你會「同意」某人在同樣的情況下「對

---

❹ *The Right and the Good* (Oxford, 1930), 19頁。

你作 A」的想法。(GR 金科玉律)

　　第一個假設可以由「可普遍化原理」證成，這個原理要求我們對同樣的情況做出一樣的倫理判斷（不管是哪一個個體涉入）；所以如果我認為搶劫「瓊斯」沒錯，但卻不認為別人在一個完全相同的情況下搶劫「我」不對，我就違反了可普遍化原理而變得不一致。第二個假設可以由「可規範性原理」來證成，這個原理要求我們一輩子（在我們的行動、意念、欲望，等等上）保持我們倫理信念的和諧；所以如果我認為一個行為沒錯卻又不同意行為的實現，我違反了可規範性原理而變得不一致。這些和進一步衍生出來的要求都可以嚴格地列成公式加以證明；但是我在這裡不作。結論 GR 是一種形式的金科玉律；如果我認為搶劫瓊斯沒有錯卻不同意（或不贊成）別人在相同情況下搶劫我，我就違反了 GR 而變得不一致❺。

　　以下的論證結合了一個 GR 的例子和一個關於欲望的經驗假設：

　　　　如果你是一致的，而且認為「偷竊通常可以被容許」，那麼你會同意在一般情況下「別人偷你」的想法。

　　　　你並不同意別人在一般情況下偷你的想法。

　　　　所以，如果你是一致的，你就不認為偷竊通常可以被容許。

　　我們大多不同意別人在一般情況下偷我的想法；所以如果我們主張「偷竊通常可以被容許」就變得不一致（因為我們違反了一致性原理 GR）。這個論證指出，假定一個人有種

欲望（大家都會有的欲望），他若主張一種現成的倫理觀，就不會一致。這個結論在此關係到主張倫理判斷的一致性而非判斷眞值的一致性。如果人不在乎別人搶劫他的話，就避開了這個結論；那麼第二個假設就是錯的。在這篇論文以下的部份我會一般地假設讀者不希望被搶、瞎眼或被殺；如果你喜歡人家搶你、弄瞎你、殺你（或者你不在乎別人這樣對付你）──那麼我大部份進一步的結論就不適用於你了。

　　用同樣的方式去論證墮胎似乎很容易。你喜歡別人把你墮掉嗎？我們可以說你不喜歡這種想法所以你不能一致地主張容許墮胎嗎？或者我們可以說當你是一個無知的胚胎時，你還沒有知覺到能夠反對墮胎──所以這個論證無效？

　　讓我們慢下來想辦法在把 GR 運用到墮胎上之前先把它瞭解得更清楚。正確地瞭解，GR 和我對假設狀況的「現在反應」有關──而非與如果「我在假設狀況中會如何反應」有

❺在論證墮胎議題時，我使用了哈爾 (R. M. Hare) 理論的一些觀念，在他的 *Freedom and Reason* (Oxford, 1963) 一書中發展。哈爾曾經寫了一篇論文 "Abortion and the Golden Rule" (*Philosophy and Public Affairs 4*(1975), 201-222 頁)；但是他的方法和我不同。哈爾的論證建立在「己之所欲，務施於人」。我們喜歡被懷孕、不被墮胎也沒有在嬰兒時期被殺的事實上；所以我們應該懷孕、不墮胎、不殺嬰（但是節育、墮胎、殺嬰變得只有表面上的微弱錯誤，易於被其他的考慮所超越）。哈爾在此的金科玉律公式是錯誤的；我很「高興」我的父母每個耶誕節都給我上百的禮物，那麼或許爲了一致起見，我必須主張在同樣的情況下我作一樣的事是好的──但是我不必要主張人人都「應該」這麼做（當作「責任」）。我的結論也和哈爾不同──我認爲墮胎和殺嬰（但是並非懷孕失敗）是嚴重的錯誤；哈爾的理論應該導向我的結論。

關。一些例子可以釐清它。考慮這個圖表：

> 論題
> 我認為可以在 X 睡覺的時候搶劫他嗎？
> 正確問題
> 我現在同意自己在睡覺時被搶的想法嗎？
> 錯誤問題
> 如果我在睡覺時被搶，（在睡覺時）我會同意這個行為嗎？

　　（在「正確問題」和「錯誤問題」中我隱然假設「在相關或者完全一樣的情況下」這個限定句）。這個圖表的重點是，根據 GR，在對『論題』回答『是』而要一致的時候，我必須也對「正確問題」回答「是」——但是我不必對錯誤問題回答「是」。假定我對「正確問題」回答「不是」；當我考慮我在睡時被搶的假設情況，會發現我現在（醒著）不同意也不贊成這個行為。但是錯誤問題關係到，如果我在睡時被搶，在睡覺（所以不知道被搶）時我會同意或贊成什麼；GR，正確地瞭解，和「錯誤問題」無關。讓我舉出外一個例子：

> 論題
> 我認為可以在 X 死後違反他的遺囑嗎？
> 正確問題
> 我現在同意自己死後遺囑被違反的想法嗎？
> 錯誤問題
> 如果我死遺囑被違反，（在死後）我會同意這個行為嗎？

　　GR 又和我對假設狀況的「現在反應」有關，在假設狀況中我可以想像自己睡著了或死了或者是個胚胎——但是和我「在」假設狀況中或睡或死或是個胚胎所會作的「反應」無關。

　　但是運用金科玉律去對待胚胎是否合法？考慮一個不涉及墮胎的情形：

> 論題
> 我認爲可以在 X 是個胚胎的時候弄瞎他嗎？
> 正確問題
> 我現在同意自己在胚胎期被弄瞎的想法嗎？
> 錯誤問題
> 如果我在胚胎期被弄瞎，（在胚胎期）我會同意這個行爲嗎？

　　假設你有個虐待狂媽媽，在她懷你的時候，想要給自己注射一種瞎眼藥，對她自己無害但是會使胚胎（你）一出生一輩子瞎眼。你的母親可能會對你這麼做。你認爲這樣沒錯嗎——你同意她這樣做的想法嗎？答案很明白地是「不」——不管我們想像在懷孕的任何時候注射，答案都是一樣清楚的「不」。於是我們就可以用討論偷竊的方式論證：

> 　　如果你是一致的，而且認爲「弄瞎胎兒通常可以被容許」，那麼你會同意在一般情況下「你在胚胎期被弄瞎」的想法。（根據 GR）
> 　　你並不同意別人在一般情況下在胚胎期弄瞎你的想法。
> 　　所以，如果你是一致的，你就不認爲弄瞎胎兒通常可以被容許。

　　大多數的人認為第二個假設為真——可以假設大多數的人不會同意（或贊成）對他們作這種行為的想法。

　　所以用金科玉律去對待胚胎合法嗎？當然合法——以上的推理很有意義。如果孕婦要傷害胎兒（比如克藥、酗酒或抽煙），她似乎該問，「我會對我媽媽在懷我的時候如此對待我的想法作何反應？」應用金科玉律到胚胎問題上並不會產生特別的問題。

　　但是有人會如下反對：

　　　　你的觀點似乎迫使我們接受胚胎的權利（例如，不被藥弄瞎），即使你避免說它是人類。但是你關於「『我在胚胎期』被弄瞎」的問題預設了胚胎等同於現在的我自己——「同一個人類」。所以你不是預設了胚胎是「人類」嗎（儘管你早先討論了「人類」這個詞的許多意義）？

　　雖然我對問題的陳述可能預設了這一點，這麼做只是為了方便；我可以重新陳述這個問題讓它不預設這一點：

　　我現在同意以下的想法嗎：

　　——我在胚胎期被弄瞎？

　　——發展成現在的我自己的那個胚胎被弄瞎？

　　——海倫‧甘斯樂（Helen E. Gensler）在 1945 年懷孕的時候吃了瞎眼藥？

　　第二和第三種陳述問題的方式並不預設胚胎和現在的我自己相對或者同樣是人類；如果你喜歡，可以照樣重新陳述我的意見（為了簡短起見我保持第一種陳述方式）。我反對用藥的想法，不是因為我認為胚胎在一些形上學意義下和我「一樣是人類」，而是因為用了這個藥我就會終身盲目。

　　GR 運用到墮胎上也一樣——我們只需要把瞎眼藥（弄瞎胎兒）換成墮胎藥（殺死胎兒）。你的母親可能用這種死亡藥方（或其他的墮胎方法）殺了你。你認為這樣沒錯嗎——你同意（或贊成）她這麼做的想法嗎？答案又是一個很明白地「不」——不管我們想像在懷孕的任何時候殺胎兒答案都是一樣清楚的「不」。於是我們就可以用討論瞎眼的方式論證：

　　　　如果你是一致的，而且認為「墮胎通常可以被容許」，那麼你會同意在一般情況下「把你墮掉」的想法。（根據 GR）

　　　　你並不同意別人在一般情況下把你墮掉的想法。

　　　　所以，如果你是一致的，你就不認為墮胎通常可以被容許。

　　又有大多數的人認為第二個假設為真——可以假設大多數的人不會同意（或贊成）對他們作這種行為的想法。只要大多數的人立場一致，他們不會認為墮胎通常可以被容許。

Ⅳ.六種反對

　　　　⑴當然功利主義者會認為你的兩種藥方大不相同——瞎眼藥方引起不必要的未來痛苦而死亡藥方單純地消滅一個生命。被最大總快樂原理所推動，功利主義者何不贊成給予他的死亡藥方，如果這能夠帶來更大的總快樂？這樣的人對於墮胎通常可以接受的觀點不就是個一致的主張者嗎？

　　我的答案是功利主義會導致許多奇怪的道德意涵，「即使」功利主義者在這個其情況下一致，他還是會在全盤的立場上不一致。我先前曾經宣稱功利主義會證成許多怪異的行動（包括許多殺戮），所以我們瞭解了它的邏輯後果自己又要一致，就不會接受這個原理。但是如果有少數（或者任何一個）一致的功利主義者，墮胎通常可以容許的觀點就會有那麼多一致的功利主義主張者。

　　⑵讓我們考慮一個贊成墮胎卻反對殺嬰或者瞎眼藥的「非功利主義者」。為何這樣的人不能同意自己在想像的或真實的一般狀況下被墮胎——而因此保持一致？

　　這樣的人是一致，但是對他自己如何受對待有者怪異的欲望。讓我們假設有人結合了這三個判斷（就像許多在我們今日社會裡被教養長大的人一樣）：
　　⒜弄瞎成人或小孩或嬰兒或胚胎是錯的。
　　⒝殺死成人或小孩或嬰兒是錯的。
　　⒞殺胚胎是被容許的。
這個人要能夠一致，必須回答以下的問題：
　　你同意我現在「弄瞎」你的想法嗎？——「不」！
　　你同意我昨天「弄瞎」你的想法嗎？——「不」！
　　……在你五歲時「弄瞎」你的想法嗎？——「不」！
　　……在你一天大時「弄瞎」你的想法嗎？——「不」！
　　……在你出生時「弄瞎」你的想法嗎？——「不」！
　　你同意我現在「殺死」你的想法嗎？——「不」！
　　你同意我昨天「殺死」你的想法嗎？——「不」！
　　……在你五歲時「殺死」你的想法嗎？——「不」！

……在你一天大時「殺死」你的想法嗎？——「不」！

……在你出生時「殺死」你的想法嗎？——「是」！！！

奇怪的是人在不同的時候都「一樣不贊成」被「弄瞎」——在前四個時候裡也都「一樣不贊成」被「殺」——卻在最後一個時候「贊成」被「殺」。他反對被弄瞎，不管在什麼時候，因為結果都一樣——他會瞎眼。他在前四個時候反對被殺，因為結果也一樣——他活不下去；但是在第五個時候被殺也有一樣的結果——他為什麼不反對在這個時候被殺？這個「是」在這裡相當奇怪。當然有人可以認為自己的生命沒有價值而對他在胚胎時期被殺的想法說「是」——但是我們就會期望對他在其他時候被殺的想法得到個「是」（如果他認為殺成人或殺小孩或殺嬰是錯的，就會使他不一致）。所以雖然結合了上面三種判斷的非功利主義者是「能夠」在原理上有這種欲望又一致的，這還是不太可能常常發生——這個人要一致就必須擁有非常怪異的欲望。❻

　　(3)你是說多數人擁有的欲望是好的而不尋常
　　（或「怪異」）的欲望是壞的？你如何建立這一點？

　　我並不是說平常的欲望是好的而不尋常的欲望是不好的——通常反面才是真的；而且通常當我們發現自己的道德信念和欲望相衝突時，我們會改變自己的欲望而非道德信念。我會訴諸大多數人的欲望不過是為了要發展成一套一致性論證以指出大多數贊成墮胎觀點的人不一致。實際上我在挑戰

❻關於涂理／辛格對判斷是否為殺人的決斷點，其觀點為：並非出生而是當小孩開始欲求他持續的生存，作為持續經驗的主題，為是否殺人的決斷點（這在幾歲的時候發__並不清楚）。我對這個觀點的回答是和前面很像，除了在圖表的殺人部份要多一個「是」。

採取這種觀點的人，我要說，「看看你有什麼可以欲求的，能讓你和自己的立場一致——去想想它，看看你是不是眞正一致！」我相信大多時候墮胎支持者會發覺他的確不一致——他在支持一些道德原理，是關於他會去對待別人卻不希望別人同樣對待他的行爲的道德原理。

(4)你質問主張容許墮胎卻認爲殺嬰是錯的人他的一致性。但是讓我們看看你是否一致。如果你的父母把你墮胎是錯的，你的父母不懷你不是一樣錯嗎？結果都一樣——沒有「你」！

我的答案很複雜。我的第一個反應是不贊成我的父母不懷我——我認爲他們禁欲或使用避孕法會是錯的；但是普遍化的要求會強迫我改變我的反應（但是在墮胎的例子這個要求不會強迫我這樣做）。如果我主張「在這個（我的）情形中墮胎是錯的」，那麼我就必須對所有同樣的情形作同樣的判斷；但是我可以簡單地（一致地）主張墮胎一般來說是錯的。但是如果我主張「在這個（我的）情形裡防止懷孕（比如，禁欲或避孕）是錯的」，我就必須對所有相同的情形做出同樣的判斷；但是我不能（一致地）主張避孕一般地說是錯誤的——因爲這會令我欲求一種政策，這個政策會造成這個世界擠滿了大量生活水準極低的飢民。所以，爲了要一致，我改變了最初的反應而判斷我的父母在 1945 年 8 月 5 日不懷孕（懷我）是道德上可容許的——即使一個月之後懷了別人——雖然會遲疑，我還是同意他們這麼做的可能。總結：普遍化的要求指出了「墮胎」和「不懷孕」的重要差別——我可以「視同普遍法則一樣去意求」廣泛禁止「墮胎」，卻不能禁止「不懷孕」。

(5)假設理性真的強迫我們認為墮胎「通常」
(normally)是錯的。「通常」這個詞在此是什麼意
思？難道「異常」或「罕見」的例子不是更重要、
更難處理嗎？所以你的結論不是不重要嗎？

我宣稱墮胎「通常」是錯的，是指在大多數情況是錯的，
但是可能不是在每個設想的到的情況都錯誤（例如，假想如
果我們不墮胎，邪惡博士就要摧毀世界）。什麼樣的罕見情況
（如果有的話）會證成墮胎的確是個既重要又困難的問題。
但是我認為，在今日大量實施「方便墮胎」的情形下，墮胎
一般道德地位的論題更顯重要。

(6)假設「如果我要一致」，我不能主張墮胎通常
是可容許的。如果我不在乎是否一致呢？你能夠向
我證明我應該在乎嗎？或者你能夠不訴諸一致性而
向我證明墮胎是錯的嗎？

你問的太多了。假如我給你一個論證證明墮胎是錯的(或
者證明你應該在乎一致)。如果你都不在乎一致，又何不接受
我的論證假設而反對結論？這是不一致的──但是你不在乎
嘛！所以你大概不在乎我會提供的任何論證──實際上你是
在說你有個閉塞的心靈。如果你不在乎一致性，那麼和你講
道理是在浪費我的時間。

＊本文經 Kluwer Academic Publishers 同意轉譯自 "A
Kantian Argument Against Abortion," *Philosophical
Studies*, No. 49 (1986): 83-98 頁。

焦點議題

1. 甘斯樂對於他所批評的功利主義者，如麥可·涂理或朱蒂·賈維絲·湯姆蓀等人的立場是否公平？你能夠想到加強他們立場的辦法嗎？馬莉·安·娃荏會如何回應金科玉律論證？

2. 你發現金科玉律論證的任何弱點嗎？你能想到任何反例嗎？考慮這一個。一個囚犯在獄中對獄卒說「你相信金科玉律嘛，大人？」獄卒說，「是的，我要一輩子照著它來生活。」囚犯答道：「那麼，如果你我易地而處，你不會想要我放你自由嗎？所以你應該要放我自由。」

   或者這樣應用甘斯樂的原理。我對自己說，「我這個搖滾樂迷，現在是否同意聽 140 分貝的搖滾樂？」或者如果我說「是」，就意味著我可以大聲聽搖滾樂而不管我的室友或鄰居能不能忍受？

   甘斯樂要如何回答這些反例？它們影響了甘斯樂的論證嗎？

進階閱讀

Brody, Baruch. *Abortion and the Sanctity of Life: A Philosopical View.* Cambridge, MA: MIT Press, 1975.

Devine, Philip E. *The Ethics of Homicide.* Ithaca, NY: Cormell University Press, 1978, chapters II-IV.

Feinberg, Joel, ed. *The Problem of Abortion.* Belmont, CA: Wadsworth, 1973.

Grisez, Germaine. *Abortion: The Myths, the Realities, and the Arguments.* New York: Corpus Books, 1970.

+ Noonan, John, T., ed. *The Morality of Abortion: Legal and Historical Perspectives.* Cambridge, MA: Harvard University Press, 1970.

Summer, L. W. *Abortion and Moral Theory.* Princeton: Princeton University Press, 1981.

Tooley, Michael. *Abortion and Infanticide.* Oxford: Oxford Unviersity Press, 1983.

心理學學術叢書

國家圖書館出版品預行編目資料

生死的抉擇：基本倫理學與墮胎/路易斯·波
伊曼編著；楊植勝等譯。—初版。—臺北市：
桂冠，1997〔民86〕
　　面；　　公分。—(實用心理學叢書：35)
(現代生死學；1)
　　譯自：Life and death: a reader in moral
problems
　　參考書目：面
　　ISBN　957-551-971-X（平裝）

1.倫理學　2.生存權　3.墮胎

190　　　　　　　　　　　　　86003400

實用心理學叢書㉟　楊國樞主編

生死的抉擇
——基本倫理學與墮胎

原　　著／路易斯·波伊曼等
譯　　者／楊植勝等
執行編輯／王存立·李福海
出　　版／桂冠圖書股份有限公司
發 行 人／賴阿勝
登 記 證／局版台業字第 1166 號
地　　址／臺北市新生南路三段 96-4 號
電　　話／(02) 210-3338·363-1407
電　　傳／(02) 218-2859·218-2860
郵　　撥／0104579-2
印　　刷／海王印刷廠
初版一刷／1997 年 4 月

定　　價／新臺幣 250 元
ISBN ／ 957-551-971-X